飛躍青春系列

玩轉火星自由行

麥曉帆 著
大蝦沙律 圖

山邊出版社有限公司

「飛躍青春」系列

玩轉火星自由行

作　者：麥曉帆
繪　圖：大蝦沙律
責任編輯：張可靜　葉楚溶
美術設計：李成宇
出版：山邊出版社有限公司
香港英皇道499號北角工業大廈18樓
電話：（852）2138 7998
傳真：（852）2597 4003
網址：http://www.sunya.com.hk
電郵：marketing@sunya.com.hk
發　行：香港聯合書刊物流有限公司
香港新界大埔汀麗路36號中華商務印刷大廈3字樓
電話：（852）2150 2100　傳真：（852）2407 3062
電郵：info@suplogistics.com.hk
印　刷：中華商務彩色印刷有限公司
香港新界大埔汀麗路36號

二〇一七年七月初版

ISBN: 978-962-923-449-2

18/F, North Point Industrial Building, 499 King's Road, Hong Kong
Published and printed in Hong Kong

目錄

序幕

有時候，夢想和痴心妄想之間只有一線之隔。

譬如，如果你自小就夢想做一個的士司機，那麼你只要努力考好車牌、累積駕駛經驗、記熟各地區的駕駛路線，那就基本上離夢想不遠了。

又或者，如果你自小想做個律師，難度可能會大一點，但你只要好好讀書升上大學，主修法律學系，畢業後從律師助理做起，也很大機會成功。

甚至説，如果你自小就希望當明星，也不是絕對不可能，儘管可能要靠一點兒運氣，就算天生不是英俊或美麗得沉魚落雁，但只要朝着正確的方向努力邁進，説不定最終也能實現夢想。

但是，假如你的夢想是當個太空人？那你又應該怎麼辦？

嗯……你應該找個冰袋敷在頭上，好好躺着休息一下，因為你很可能在發燒，而且應該快要燒壞腦子了——**你給我好好數數看，這個世界上有史以來出現過多少個太空人？**嗯？要知道，這些能夠飛到外太空優哉悠哉享受無重狀態的太空人加起來，只要兩架波音 747 就可以全裝得下。太空人不是說要當就可以當的，就連要接受訓練，事前也必須經過極其嚴格的挑選，就算最後真的讓你幸運地通過所有訓練，也只是成為候選太空人而已，真正能夠坐上太空船執行任務的人也只屬少數之列。

簡而言之——你就別痴心妄想了。

什麼？你說你還是不會放棄？好吧，吶，這兒有個活生生的例子給你看。

他的名字叫周傲雲。他是個十五歲的男學生，普通身材，長得不英俊但也不算太醜，成績一般般但未至於差得要被家長打屁股，特長沒有、愛好除了打機也是沒有，屬於那些一個招牌掉下來可以砸中幾個的普通人。

不過，自小以來，他的夢想就是當個太空人，他的夢想就是要坐着火箭一飛衝天，他的夢想就是要探索太空的無人之境！

但結果呢？

他成功了。

時間：二零一七年八月一日早上九時五十七分

地點：「夢想號」太空船發射場

任務狀態：太空船發射前三分鐘

太空無比浩瀚，陽光以光速從太陽表面出發，也要花八分鐘才能氣喘吁吁地趕到地球，如果這時才被烏雲之類的東西擋回太空去，那就實在太悲慘了。幸好在這個早上，香港這個小城市可是萬里無雲，溫和的陽光毫無阻擋地照在道路上、建築物上、樹木上……還有這艘即將發射的太空船上。

純白色的太空船在太陽光的照射下，像一顆珍珠般閃閃發亮，顯得分外璀璨奪目。

「發射前準備，離發射還有三分鐘。」太空船駕駛艙內，一把清脆的聲音從揚聲器裏傳出，在四名青年太空人之間迴響。

安裝在艙內的十多個微型攝像機安靜地運作着，將艙內所有人的一舉一動都全數不漏地紀錄下來，並傳送到控制中心的眾多熒光幕上。

在其中一個畫面上，我們看見周傲雲雙手放在儀表板兩個控制桿上，手心不斷在冒着汗，緊張得像在等待考試結果出爐。這是很自然的事，因為他自小以來的夢想，今天終於就要實現了，他不但即將成為有史以來最年輕的太空人，還將會是首批探索火星的探險家之一呢。

此刻他只到感到地球上的每一雙眼睛都盯着他、凝視他，給他鼓勵、給他支持，為他增添信心與力量，好讓他能專心致志地完成這個艱鉅的任務……

「糟了，我好像把化妝盒漏在休息室。」周傲雲身後，一把聲音說。

在另一個熒光幕裏，我們看見一個女孩身穿一身厚重的太空衣，一邊用戴着厚手套的雙手翻看着自己的小小手提包，一邊問：「你們說如果我現在返回去拿的話，時間夠不夠？」

雖然隔着半反光的太空人頭盔，但我們仍然能看見鄧雨嵐那悉心打扮的臉孔，和她那又黑又長的等離子秀髮，頭頂上還別了副墨鏡呢，一副準備去海邊度假的樣子，一點兒也不像是要去探索太空。

「拜託，我們還有兩分鐘就要起飛了。」傲雲半轉過頭去。

「我也要去尿尿，」坐在雨嵐左邊的謝樂文則說，「我在休息室好像喝太多汽水了。」

通過從另一個度角拍攝的攝錄畫面，我們能看見這個名叫謝樂文的男孩在自己的座位上左扭右扭，一副坐立不安的模樣。和雨嵐一樣，他也不怎麼把這個太空探索任務放在心上，自接受訓練開始就是這副混混沌沌、丟三忘四的樣子，不過公平點來說，他從小以來幹什麼事都是這樣遲鈍，屬於那種到了生死關頭也認真不起來的人。

傲雲聽了翻了翻眼睛說：「我真是服了你，有點常識好不好？進太空船前也不懂去個廁所？」

「另外這兒哪個按鈕可以打開冷氣？熱壞本小姐了。」雨嵐邊說邊胡亂按起她面前的控制面板來。

「喂你別隨便按——」

樂文不太自在地補充道：「看看哪兒可以打開抽氣扇？我剛才不小心放了個屁。」

「嘔，你就不能多忍一會兒？！」雨嵐加快了按按鈕的速度，控制面板開始發出刺耳的警告聲。

「雨嵐麻煩你不要再按了。」傲雲歎着氣說。

「不用打開抽氣扇，我直接打開門就好。」樂文說着便準備站起來。

「這是艘太空船！你這個笨蛋！」

周傲雲真的不明白，為什麼他會同意讓這兩個人一起參與這個重要的任務，自從訓練開始他們就更像是一對需要被人照顧的頑童，而不是有難同當的隊友。沒錯這兩位都是自己從小就認識的朋友，但這次前往火星之旅可是個千載難逢的機會，而他們為了這個人類史上最重要的任務足足訓練了很久很久的時間……大約三個星期，而他可不想被他們拖累，而讓一切功敗垂成。不過，傲雲對這任務仍然抱着無比樂觀的心態，至少他還有一個得力助手呢。

與雨嵐和樂文兩人比較，坐在周傲雲身邊的佘曉雪，看起來就謹慎穩重得多，他是周傲雲青梅竹馬的好朋友，理着一頭清爽的短髮，也總是帶着一副聰敏的表情。此刻她正一聲不響地坐在自己的座位上，安全帶綁得整整齊齊，專心致志地盯着身前的控制面板，彷彿一切情況都在她的掌握之中。

「發射前準備，離發射還有一分鐘，59、58……」控制中心的聲音再次從揚聲器裏傳出。

「好了，我以隊長的身分命令你們兩個坐好！」周傲雲命令道，「所有人員作好太空船發射前準備！雨嵐你是任務專家，報告情況！」

「我肚子有點兒餓。」

「我是指太空船的情況。」

「哦，我前面的控制面板有兩盞綠燈在閃……煩死了，我怎麼才能關掉它們？」

周傲雲決定放棄追問雨嵐了，反正升空時所有的檢查和確認工作，都是由控制中心所負責的。他接着轉向樂文：「好了你是太空船工程師，你應該知道當倒數完畢時，應該按下哪個按鈕嗎？」

樂文望望傲雲，又望望他跟前的控制面板，只見上面有幾十顆不同式樣、不同大小、不同顏色的各種按鈕、旋鈕和開關，看得他眼花繚亂。本來作為飛行工程師，他是應該熟記所有操作方式的，但偏偏他是個喜歡半途而廢的人，操作手冊沒讀完第一頁，就已經被他丟一邊去了。

「我不太肯定。」樂文一臉疑惑。

「左邊紅色的那一顆！你才是飛行工程師，為什麼我還會比你清楚？」傲雲氣急敗壞地說，「我們還有二十幾秒就倒數完畢，記着到時要按左邊的按鈕，知道了嗎？」

「二十四、二十三、二十二……」喇叭中繼續傳來倒數聲。

「知道了。」但樂文隨即又問：「但是呀，倒數到最後到底應該是『三、二、一、發射』，還是『三、二、發射』？」

「『三、二、一、發射』。」

「哦，不過……『三、二、一』和『發射』之間有停頓嗎？」

「有停頓好不好！麻煩專心聆聽倒數……」

「十四、十三、十二……」喇叭中繼續傳來倒數聲。

「但是這停頓是長還是短，我是指到底是『三、二、一、停、發射』還是『三、二、一、停多一會、發射』？

「八、七、六……」倒數接近完畢了。

傲雲幾乎在叫喊了：「你不要理會它，反正按就是！」

「三、二……」

「我又不記得要按哪個按鈕了……」

「**啊啊啊啊！！！！**」周傲雲探過身去一把按下主引擎按鈕，結束了這場毫無意義的對話，然後氣呼呼地坐回自己的座位去。

隨着駕駛艙一陣顫抖，主引擎發動，太空船「夢想號」終於正式升空了！

這是人類太空探索史上最重要的一刻，但是四名青年太空人心裏在想的，並非什麼「為下一代探索未知的世界」又或者是「攜手為人類歷史寫下新的一頁」之類的台詞，而是各懷鬼胎，有着自己的盤算和目的……

雨嵐心想：「嘻嘻，我偷偷把手機帶上了太空船，幸好沒人發現。」

樂文心想：「他剛才在倒數完畢前半秒就按下按鈕，還好數落我？」

傲雲心想：「我真的好想在半途中找個機會把這兩個飯桶丟到太空去，這任務由我和曉雪來執行就好。她可以說是這裏我惟一能信任的人了。」

而曉雪則心想：「當傲雲發現這一切都全是假的時候，我該怎麼辦？」

沒錯，這一切都不是真的。

你到底有沒有認真看，之前不是已經說過了嗎？要當個太空人，已經是痴心妄想，更遑論是年僅十五歲就能夠當上呢？

此時此刻，在「太空艙」外，只見幾個強壯的工作人員正在用力地搖晃着「太空艙」，人為地製造出升空時的震動效果。幾米開外，一隊節目製作團隊正坐在幾十個熒光幕前，通過藏在艙內的幾十個微型攝影機，觀察着周傲雲四人的一舉一動。

他們所拍攝的內容，很快就會被精心剪輯，變成富戲劇性的真人秀影片，供全世界的觀眾於網絡上收看。

而這一切，在「太空艙」中的四人，除了曉雪之外，皆被蒙在鼓裏。

周傲雲他，的確成功地成為了一位太空人。

只不過，這「太空人」一詞卻是要加上引號，因為這一切都只是《火星自由行》網上真人秀節目的一部分。

這到底是怎麼回事？

好吧，慢慢來，讓我們從頭說起……

第一章　夢想

1

當年，在周傲雲八歲，還是個迷你版的周傲雲時，他爸爸就已經擁有一架先進的業餘短波無線電。

周爸爸是個無線電狂熱愛好者，周爸爸經常會用它來和上千公里外的業餘無線電愛好者聊天，小周傲雲也會好奇地望上一兩眼，但並不怎麼感興趣，也不明白和世界另一端的人談話有什麼好玩。

直至《星際奇遇》開始播映。

《星際奇遇》是一套五十二集的科幻電視劇，由科幻特技大師兼導演張易賢親自操刀拍攝，講述一名因超光速引擎故障而被困在地球的外星人警察奇路，通過業餘無線頻道與地球上一個小孩子博比建立聯絡，一直到互相成為朋友，然後合力擊退邪惡外星侵略者的故事。

這套電視劇題材新穎、內容勵志，布景和道具都力求真實，而且故事內容都嚴謹地合乎科學邏輯，一播映便非常受小孩子歡迎，周傲雲自然也不例外。

有好一段時間，傲雲每天放學後都會偷偷打開那台無線電，學着他爸爸的樣子擺弄這個旋鈕、按下那個按鍵，希望自己可以和外星人奇路談上幾句話。

就在某一個星期天的下午，周傲雲的同學兼好友佘曉雪接到了他打來的電話。他在電話中的第一句話就是震耳欲聾的尖叫聲，讓人以為他快要被人謀殺了。

「**啊啊啊啊！！！！**」傲雲的語氣就像發現了新大陸，「馬上來我家！我和《星際奇遇》中的奇路通過無線電在說話呢！」

本來正想向傲雲索取耳科檢查費的曉雪聽見他的話，不禁一臉疑惑。曉雪和傲雲自小就經常一起看電視節目，自然也知道這奇路是誰，但是……

沒等她回應，傲雲已經搶着道：「快點兒！我已經通知雨嵐和樂文了！」說着他便掛上了電話。

於是曉雪只好半信半疑地趕到了傲雲的家中。當她到達時，鄧雨嵐和謝樂文已經在場，看着周傲雲坐在無線電前，心急如焚地聆聽着。但從無線電喇叭中傳出的，卻只有白噪聲。

雨嵐忍不住開口問道：「好了，嗯，這噪聲就是奇路的聲音？和電視裏的聽起來似乎有點兒不一樣。」

四人之中她總是最喜歡冷嘲熱諷的一個。

「不不不！」傲雲有點沮喪地說，「我發誓我不久前才聽見他說話的聲音呢！

曉雪望向控制面板上的一個屏流錶，只見上面的指錶正停在 14.351 這個刻度上。這是周爸爸經常使用的一個頻道，他總是在這個頻道上守聽其他人的呼叫。

「可是現在除了白噪聲，什麼都沒有啊。」曉雪攤着手說。

樂文插嘴道：「說不定他正在被外星海盜攻擊，不久前我才在街上遇見一個可怕的外星人，全身綠色，正正方方的身體下只有一條藍色的腿，而且雙眼竟然沒有長眼珠！」

「聽起來那似乎只是個普通的郵筒。」曉雪疑惑地說。

「什麼？」樂文一臉驚訝，「他們竟然懂得偽裝！這些外星人好狡猾。」

四人之中，樂文總是最……古怪的一個。

「傲雲！」這時周傲雲的爸爸跑進了房間來，嚴肅地說，「你又亂動我的無線電了？你會不小心把它弄壞的，快把它關掉！」

「但是……」傲雲還想抗議，但他看見爸爸一臉堅持的表情，也只好照辦，將無線電關上。周爸爸從小就對傲雲要求很嚴格，要求他成績好、要求他有上進心、要求他孝順聽話……此刻自然也不會喜歡他亂動自己的無線電。

「好了小孩子們，去客廳看電視去。」周爸爸說着便離開了。

雨嵐和樂文本來就不想坐在無線電前發悶，現在終於難得可以脫身，便馬上溜出了房間。

佘曉雪本來也準備離開，抬頭卻看見一臉失望的傲雲。曉雪雖然年紀還小，但早就知道這個世界沒有聖誕老人，自然也明白電視劇裏的角色都是虛構的，哪會有什麼外星人奇路呢？傲雲不久前聽到的，估計只是其他無線電愛好者的呼叫而已。

「呃……這個呢，老實說……」

「可能是奇路不想和我聊天吧，要知道我只是個無名小卒啊！」傲雲這時沉着臉說，「唉，曉雪，為什麼我會是個這麼又平凡又庸碌的人？如果我可以變得特別一點就好了。」

「嗯，」佘曉雪遲疑起來，不忍心告訴他事實，腦筋轉了幾下，一個主意便在她的腦子裏冒了出來。

「我想你的確找到了奇路，」她把手放在傲雲的肩膊上，「真的！但你知道……嗯，他是在地球軌道上繞着地球轉圈啊！所以只有當他碰巧飛到香港上空附近時，你們才能接收到對方的無線電訊號，所以，只要你繼續嘗試通過這個頻道聯絡他，說不定就會成功呢。」

「真的？」只見傲雲的雙眼立即亮了起來。

「沒錯，你今天晚再試一試吧。不好意思，我突然想起有點事要辦，我要先走了。」說着曉雪便把一臉欣喜的傲雲留在房間，又和雨嵐、樂文道別後，便離開了。很快時間就來到了晚上，傲雲趁他爸爸媽媽在客廳看電視，偷偷潛入房間裏，守在無線電前。

等了好一會，突然一把聲音從無線電中傳來。

「喂？嗯……有人在嗎？」

「喂喂喂？」傲雲喜出望外地把咪高峯遞到嘴邊，「我在這兒！你……你是奇路嗎？」

「我……的確是……嗯沒錯。」只聽見無線電另一邊的人小心翼翼地說，當然啦，這並不是什麼外星人啦，而是他的朋友曉雪。她整個下午都在四處詢問，終於發現她所就讀的學校的廣播室有一架業餘無線電，於是在徵得老師同意後，便借來扮演「外星人奇路」這個角色。

傲雲似乎有點兒疑惑地說：「這個，你的聲音好像和電視上的不一樣，像個小女孩。」

「嗯，這是因為我患了外星禽流感，沒什麼大不了的，」說着曉雪還咳嗽了兩聲，「這個，很高興認識你！你真的非常利害呢，竟然能通過無線電聯絡上我。」

「謝謝！我是你的超級粉絲！」傲雲眼冒淚光地道，「我真的希望有朝一日能成為一個太空人，和你一起在太空中巡邏，保衞地球！」

「太空人？」

這個想法似乎有點兒遙遠，及得上冥王星那麼遠了。

似乎聽見對方不太相信的口氣，傲雲連忙道：「你知道，每個人應該都有自己的天賦嘛，偏偏從小我就什麼都不會，沒有什麼專長，但看見你在電視上的事跡後，我就想，說不定我也能成為一個太空人呢！我相信我有當太空人的資質，我玩過山車可是從來都不怕頭昏的。」

除此之外，你還需要好幾個博士學位和十多年的飛行員經驗呢，曉雪心想，當太空人哪有這麼容易的。

不過，畢竟這只是小孩子的白日夢嘛，當太空人、做超級英雄、到處探險、拯救世界，諸如此類，反正他們很快就會知道這些夢想都不現實，從而知難而退。給他們一點兒希望又何妨呢？

於是曉雪認真地回答道：「這個，我相信你一定能辦得到，你一定能成為一個太空人。」

好一會兒，傲雲都沒有說話，讓曉雪差點以為無線電哪兒故障了呢。

直到一把啜泣聲傳來，曉雪才知道原來他是感動得要哭了。

「啊！聽見你這番感人肺腑的說話，我真的不可以辜負你的一番期望，我這一輩子都會死心塌地地向成為太空人這個目標進發！」

「呃……」

「我無論如何都會堅持這個夢想，如有任何放棄之意，我甘心受到天打雷劈，吃飯也會咬到舌頭，走路也會被隕石砸中！」

「這個……」

「我會將生命中每一分鐘每一秒都盡數奉獻給這個夢想，絕不虛度任何不必要的光陰，我願意犧牲所有玩樂的時間，我願意犧牲我生命中最珍貴的東西來換取成為太空人的機會，沒有有任何東西能夠阻擋我！！」

「那好像有點兒極端……」

「人擋殺人，佛擋殺佛！」

「……」

「**我！一！定！會！做！一！個！太！空！人！**」傲雲的聲音之大，連客廳裏的爸爸媽媽都嚇了一跳。

那天晚上，周傲雲因為擅自使用無線電，而被爸爸罰站牆角站了一小時，不過他想要成為太空人的夢想，就自此扎下了根基。

2

在接下來的七年裏，周傲雲每天都會為成為一名正式的太空人而努力……又或者說**以為**自己在為成為一名正式的太空人而努力。在他那樂觀得超乎常理的腦袋裏，這件事似乎就簡單得像打電子遊戲機一樣，選個主角、選把武器，重複又重複地儲存和讀取進度，就遲早可以「打爆機」。

他以為去海洋公園坐跳樓機，就等於在進行「零重力適應訓練」；他以為玩旋轉木馬，就等於在進行「挑戰離心力測試」；他以為坐碰碰車，就等於在考驗自己的反應和駕駛能力。

除了專注於自己的體能表現之外，周傲雲還很着重擴闊自己關於太空的知識面，一天下來總喜歡死記硬背一些冷知識，譬如月亮離地球有多遠、冥王星的直徑有多大、哪個行星擁有行星環、第一架升空的穿梭機叫什麼名字，諸如此類。但最後這些冷知識進了他腦袋後很快就會冷死了，從不留下什麼痕跡。更何況真正的太空人要記的，完全是另一些東西。

在七年後的今天，他已經幾乎完全忘記了曾經和奇路透過無線電通話，甚至對《星際奇遇》這套他曾經最喜歡的電視劇，也只有一點模糊的印象。只有知道一件事從沒有變：周傲雲仍然想當個太空人，而且想得無可救藥。

不過，無論這夢想有多麼無稽，只要不影響到周傲雲的學業或生活，估計也沒有什麼大不了的……

「爸爸，我打算現在就退學，去美國太空總署投考做太空人！」周傲雲意志堅定地說。

剛才好像把話說得太早了點。

「乖，傲雲，開完玩笑就快去幫你媽媽洗碗去。」周爸爸聽後，一副無動於衷的樣子，喝下一口茶，然後繼續自顧自的看着報紙。畢竟，這也不是周傲雲第一次提出這種請求了。

「爸爸，我是認真的！」周傲雲哀求道，「你也知道我一直都夢想當個太空人，現在是時候該透過實際行動來實現它了。」

周爸爸不耐煩地說：「如果再讓我聽見『夢想』和『太空人』這兩個詞，我想我就要瘋掉了。」

「嗯，我的意願是當個太空人？」傲雲換了個說法。

周爸爸歎了一口氣，對他來說，周傲雲這個兒子並沒有什麼缺點，既沒有不良習慣、成績又不差，對父母也算孝順。但偏偏自小他就像着了魔似的，渴望做什麼太空人，坐火箭飛到太空去，而不是安安心心地呆在地球上。

「留在地球有什麼不好的呢？這兒有食物有空氣有水，太空裏有這些東西嗎？我已經說過不知道多少遍了，你應該安安分分讀書，大學畢業後，好好賺錢。而不是在這裏發什麼太空人白日夢！」

周傲雲聽了，生起了悶氣來，喃喃地道：「對對，就應該學你這樣，大學畢業後做個打工仔文員，一直做到退休，就最棒不過了。」

「啊你竟敢……」周爸爸聽了氣不打一處來，把報紙一放，「周傲雲，給我到牆角罰站去！」

「但……」

「給我站牆角！」周爸爸命令道。於是傲雲只好不情願地照辦，都十四五歲的青少年，還要罰站牆角，這情景怎麼看都不怎麼協調。

「怎麼了？我們的傲雲又重提他要成為太空人的夢想了？」這時周媽媽從廚房走出來，一邊用布抹着手。

和周爸爸相比，她對於周傲雲想當什麼，並沒有什麼所謂，畢竟自己的命運，就應該由自己來掌握嘛；她比較擔心的是，如果周傲雲把自己的夢想定得太高，最後恐怕只會換來失望。但她比較主張用循循善誘的方式來引導兒子，而不是像周爸爸那樣，威脅對方就範。

「媽媽，你說爸爸為什麼總是不相信我？」傲雲問媽媽，臉仍然朝着牆角。「俗語說，有志者事竟成，要當個太空人又不需要什麼超能力，只要我堅定而踏實地向着這個目標進發，肯定會成功！」

「肯定會走進死胡同才對。」周爸爸把報紙遮起，擋在他的耳朵和自己的兒子之間。

「……我是深埋在沃土裏的一顆小種子，等待終有一天破土而出，成為承載着夢想的大樹。而老爸你知道嗎？你就是擋在我和陽光之間的一塊石頭，一塊笨石頭啊，老爸。」

「或許你本來就是地底植物，見光就死。」周爸爸頭也不抬地說。

媽媽這時連忙打圓場道：「好啦傲雲，不是我們不支持你實現自己的夢想，只是……為什麼你不嘗試找一些比較適合你興趣和愛好的夢想呢？」

「不用說了母親大人，探索太空是我生命中不可分割的一部分，恐怕已經寫進了我的DNA裏，我是絕對不會改變的。在這段不長不短的生命旅程裏……」

傲雲的獨白才說到一半，他口袋裏的手提電話便響了起來，鈴聲不是別的，正是《星際奇遇》的主題曲呢。

「喂？」他接通了電話，聽了一會，「哦，我這就來。」

「是不是太空總署打來要你去面試？」周爸爸調侃道，「你今天不准出去玩！這是作為你駁嘴的懲罰。」

「不，這是曉雪他們叫我去做小組暑期作業。」傲雲仰着頭說，「但既然爸爸你連暑期作業也不讓我做，那就算了……」

周爸爸聽到這兒，正想發作，看見周媽媽的眼神，便只好說：「好好，快去快回就是了。」

「等我回來時，我們會繼續談論退學去當太空人的事。」傲雲補充道，「這是我畢生的夢想，我是不會輕易放棄的！」

趁他爸爸沒反應過來，傲雲便迅速拿起背囊，溜出門外去了，臨走時還不忘對爸爸做了個鬼臉。

「啊！你這個臭小子……」但看見門已經關上，周爸爸便歎了一口氣，「唉，我們該拿這個兒子怎麼辦？當他最初提到要當太空人時，我還以為他只是嘴裏說說而已，心想當他長大，自然就會知道這是不可能的，就會放棄。但現在他似乎越來越把這件事當真了。」

「老公，你就別對他那麼兇了，這樣只會讓你們之間的關係更惡劣啊，」周媽媽耐心地說，「或者我們找個時間，好好和他談一談吧。有夢想不是壞事，但是他也必須知道自己的能力範圍在哪兒，而不是空有抱負，把目標訂得太高，到頭來白忙一場，把青春都浪費掉了。」

爸爸搖了搖頭，又繼續看起他的報紙來，說：「哼，他淨是會說什麼夢想。現實就是現實，夢想不是說想實現就可以實現的。」

3

「現實就是現實，夢想不是說想實現就可以實現的。」

說來也巧，此刻在城市的另一端，另一個人也在說着同樣的一句話。

現場是一間影視製作公司的辦公室，坐落在一棟商業大廈的底層，看起來似乎經營不善的樣子，門口沒有招牌，員工沒幾個，到處結着蜘蛛網，就連照明用的燈光也沒有——因為這刻他們連電費都交不起了。沒有人能想像，這就是當年那間曾製作電視連續劇《星際奇遇》，並因此而賺得盆滿鉢滿的影片製作公司——張楊影業。

儘管公司仍在，但公司的業務狀況已經明明白白地寫在楊力奇的臉上。他是公司的其中一位合夥人，現在正惆悵地坐在一張殘舊的辦公桌前，桌上擺着一疊凌亂的劇本。剛才的那番話，就是從他的口中說出來的。

「別那麼快就說實現不了啊，你看過我的劇本了嗎？」坐在辦公桌另一邊的，則是科幻特技大師兼導演張易賢——他不但是《星際奇遇》的製作人，也是公司的兩位合夥人之一。

當年，雄心勃勃的兩人，合夥成立了張楊影業，第一套拍攝的影視作品就是張易賢所創作的《星際奇遇》，將播映權賣給電視台後，隨即就取得了空前的成功，公司業務蒸蒸日上，不少電視台甚至電影公司都爭相找他們拍攝視影作品。不過他們的運氣並沒有維持多久，網絡年代很快就來臨，會花大量時間看電視的人越來越少，他們的生意也走起了下坡路，他們上一次合伙拍攝電視作品已經是兩年前的事了，而且還是沒人看的大爛片。

現在，張易賢卻打算東山再起，要通過這疊厚厚的劇本，給張楊影業一個翻身的機會。

「嗯，劇本嘛，看我就看過，但是……」楊力奇搔了搔鼻子。

這劇本的名稱，就叫《火星自由行》。故事講述四個擁有抱負的青少年，克服重重困難、通過艱辛的訓練，當選為史上最年輕的太空人。他們一起升空執行探索太空的危險任務，縱使遇上了一次又一次的危機和災難，卻都能合作無間、化險為夷，最後平安返回地球，成為了大家眼中的太空英雄。

「但是？」張易賢疑惑地說。

「但是，這好像很無聊的樣子，」楊力奇的表情有點勉強，「不能加點外星人之類的角色進去，讓主角消滅一下嗎？」

張易賢激昂地說：「你懂個什麼，現在的故事都講求真實感，不再流行用死光槍打外星人那一套了……嗯，不過另一方面這也是為了節省製作成本，我們當年拍攝時留下來的太空船、太空基地之類的布景和道具都還可以用，但外星人戲服就只剩下一套完整的，如果要再設計和製作更多外星人戲服，那就太花錢了。而根據這份劇本，我們只要找到合適的演員，馬上就可以開始拍攝。」

「不不，這並不只是錢的問題，」楊力奇伸手阻止道，「這是故事內容的問題，我知道我們曾經合力製作了《星際奇遇》這套受歡迎的電視劇集，但那是七年前的事，時代已經不同了，現在大家都喜歡上網多於看電視，一段小貓坐在紙盒裏裝可愛的的影片，收視率可能要比某電視台的什麼愛情連續劇還要好，如果你希望人們對你的作品感興趣，就得拿出點新奇的點子來。」

「嗯，如果你想把這作品放到網絡上播映也沒有問題，但我有信心這種題材能吸引青少年收看。」

「才怪。你到底知不知道現在的青少年喜歡看什麼？勵志的題材？悶死人了；嚴肅認真的劇情？絕對行不通；而且還要跟科學有關？別開玩笑啦！如果這節目在開始的一分鐘內沒有讓人捧腹大笑的搞怪情節，基本上就可以宣布失敗了。嗯，或許我們可以把這劇本改寫一下，變成無厘頭喜劇，說不定……」

「你想也別想！誰也不能碰我的劇本！」

「聽着，你這種題材，鐵定會悶倒一大片觀眾，除了治好某幾個人的失眠症之外，不會受到多少人的歡迎。」

「唉。」聽到這裏，張易賢的志氣也被削弱了一大半，「改不改劇本都好，我們都需要演員的對不對？起碼你也讓我找四個青少年來試試鏡，看看效果如何再說。」

「我們可沒有錢去請專業的演員，你得自己去找。」楊力奇向後往安樂椅上一靠。

「什麼？你叫我去哪兒找人回來演戲？隨便從街上叫停幾個人，問他們想不想演太空人嗎？你得幫我想想辦法。」

「好好好，就念在我們一場拍擋的份上……」楊力奇想了想，「這樣吧，我通過社交網絡發個帖子，問有沒有人有興趣在一齣網絡節目中扮演青少年太空人，如有興趣就來這辦公室裏面試。」

儘管口中是這樣説，但楊力奇對這個計劃一點兒都不抱任何希望。雖然公司現在只能靠接拍一些宣傳易之類的廣告來掙錢，得過且過，但至少還有點小錢掙；花大錢去拍攝一齣不知道有沒有人看的網絡電視節目，對他來説，和直接把錢倒進馬桶沒有什麼分別。所以他只希望儘快把這事件應付過去就算了。

「但如果這幾天我們都找不到合適的人選，」楊力奇補充道，「那麼這個計劃就得先擱置下來，等以後再説。」

「就這樣辦，謝謝你啦，我現在就去準備試鏡內容。」張易賢説着便向他道別，離開了辦公室。

等張易賢走後，楊力奇便開始着手在電腦上編寫招聘演員的帖子了。

他一邊輸入一邊道：「嗯，讓我看看，『招聘太空人演員四名，薪金面議，年紀必須在十五至十八歲之間，如有興趣請到以下地址面試：XX道XX大廈3樓F室』。」

粗略地檢查了一遍後，他便通過社交網絡將帖子發送了出去。

「千萬不要有人來面試，千萬不要有人來面試……」楊力奇喃喃地把話說了幾遍，便忙着幹其他事情去了。

但他沒有注意到的是，在編寫招聘帖子時，他忘了輸入最重要的兩個字。

「演員」。

他忘了把「演員」二字放在「太空人」之後。

4

周傲雲推門走進咖啡店，只見曉雪、雨嵐和樂文都已經到了，圍坐在角落的沙發位置，各自喝着飲料、玩着手提遊戲機、望着飲品餐牌發呆。

「不好意思，我遲到了。」他道歉道。

「不要緊啦，這份口頭報告又不是明天就趕着要交，」曉雪對他說，「暑假才剛剛開始呢。今天我們先定下報告的大概內容，和我們應該如何分工就可以了。你是組長，就由你決定吧。」

傲雲同意地點了點頭。無論什麼時候，在這個四人組裏，曉雪總是頭腦最清晰的那一個。

「好吧，我們這次口頭報告，老師給我們的題目是『我最敬愛的運動員』，」他想了想，說，「嗯，我的建議是，我們或許可以用岩士唐的事跡來作報告。」

曉雪評論道：「我覺得不錯，我最喜歡的運動就是踩自行車，而且我們還可以通過他來說明公平比賽的重要性……」

「啊不，另一個岩士唐，不是踩自行車那一位，登月的那一個。」沒想到周傲雲說。

「我就知道。」雨嵐目無表情地說，繼續玩着她的手提遊戲機，眼皮也不抬一下，「你從來都是『三句不離本行』的。」

「什麼？但他哪算是個運動員啊。」曉雪疑惑地問道。

「太空人也勉強能算是個運動員吧，嗯……你看，他懂得駕駛火箭，就和踩自行車差不了太遠嘛。」傲雲支支吾吾地說。

佘曉雪感到有點兒無奈。她認識了周傲雲這麼久，對這個呆蛋的性格已經了解得夠透徹了，他腦子裏哪一部分是好蛋哪一部分是臭蛋，她又何嘗不知道呢？一方面，他很有個人表現慾，對自己喜歡的東西充滿了熱情和幹勁，十號風球也颳不掉，這是好的部分；但另一方面他是個自我中心、控制慾強的人，而且對一切事物都過於理想化，「船到橋頭自然直」可以說是他的座右銘，不管三七二十一都先上了船再說，也不想想這艘船是不是鐵達尼號。

不過，佘曉雪可不習慣讓別人失望。如果某一天周傲雲高興地宣布他想帶支蒸餾水就橫踱撒哈拉沙漠，又或者穿件毛衣就要去珠穆朗瑪峯登頂，她也肯定下不了決心阻止他。

「好吧，好吧，希望老師會接受他是個運動員，」曉雪攤了攤手，「又或者，至少希望她不會扣我們太多的分數。」

「我沒所謂。」雨嵐只是聳了聳肩。

「我也沒所謂。」樂文也說，雖然實際上他對任何事都沒所謂。

「那麼現在就讓我們進行分工，」傲雲接着說：「我們需要有兩個人來負責搜集有關岩士唐的生平和事跡，另一個人則負責將這些資料編輯成一份講稿，然後再由另一個人做講者，上台作口頭報告。」

「聽起來很公平，」曉雪接着提議道：「傲雲你文字功夫不錯，我建議你負責寫講稿，嗯，我還不知道我應該負責什麼……雨嵐，你負責搜集資料好嗎？」

「啊，呃……」這時雨嵐終於難得地抬起了頭，「不用了，謝謝。我最討厭的就是搜集資料，太沉悶。」

「那麼你想上台做講者？」曉雪又問。

「當然不！雖然本小姐美貌與智慧並重，但上台當着那麼多人講這麼無聊的話題，可不是我的風格，和你們不一樣，我可是有形象要維持的。」

「嗯……那麼，你是想負責撰寫講稿？」

「不。」

「你一定得負責點什麼啊。」

「或者我負責在開小組會議時帶零食來？」

「那根本就等於什麼都不用做嘛。」曉雪說着用手蓋着臉。

這其實也是意料中事。雨嵐辦事從來都很認真，只不過這些認真只會 100% 用在玩樂之上；雖然這也很正常，畢竟大部分人都喜歡玩多於工作和學習，但鄧雨嵐她可是一點責任也不願承擔。每逢遇上分組活動，都不用指望雨嵐會花哪怕一點兒時間，用哪怕一點兒力氣，來作哪怕一點兒的貢獻。

「我可以上台做講者。」這時樂文舉起了手來。

「樂文請你把手放下，」雨嵐冷冷地說，「你還想做講者?你忘了上次你如何在眾多同學面前出醜了嗎？」

「我才沒有。」

雖然樂文極力否認，但大家都清楚記得兩個月之前學校舉行校慶，樂文自告奮勇上台做司儀，不但說話時不跟講稿讀，東拉西扯，還竟然可以把所有校董會成員的名字統統讀錯。

「嗯……或者，你可以去做資料搜集？」曉雪遲疑着說。

雖然她話是這樣說，但除樂文之外的三人都可以輕易想像到，讓樂文這個喜歡半途而廢的人負責這麼重要的東西，就和叫一隻芝娃娃犬來守衛銀行金庫沒什麼分別。

傲雲於是說：「細心想想，資料搜集還是由我來做吧，你還是幫……雨嵐帶零食好了。」

這暑期作業估計也是得由他和曉雪兩人來做了……反正他們這幾年的小組暑期作業都是這樣「合作」完成的，今年就別破例了。

「好了，現在別提什麼暑期作業了，暑假眨眼就過，我們該爭取時間好好享受一下自由自在的生活。」曉雪說。

「啊，不用算上我了，一如以往，我爸爸媽媽給我安排了各種各樣的補習班和訓練營，討厭死了。」雨嵐翻着眼說，「你能想像嗎？他們上年竟然替我報名參加一個急救課程！不知道今年又有什麼新花樣了。」

「那樂文你呢？」

「呃，我什麼時間都有空。事實上叫我做什麼都沒所謂，只要給我一個不用呆在家裏的理由就行了。」

「對哦，你有七個兄弟姐妹。」傲雲這才記起來。

「八個，包括我九個。」樂文更正道。

謝樂文的父母很喜歡孩子，所以他一直都生活在一個超級大家庭裏——淨是早上出門前上廁所就已經是個你死我活的大亂鬥了。

正是由於這樣，作為這個家庭年輕一族的九分之一，樂文可沒法子想要什麼就有什麼，於是便慢慢養成了一套對什麼事都不在乎、做任何事都提不起勁的態度。

樂文補充道：「這個暑假，我都會盡量離家越遠越好，就算要睡天橋底、和流浪狗搶東西吃也在所不惜……」

看來和雨嵐、樂文相比，曉雪的暑期計劃相對來說算是最「正常」的了，看書、去露營、喝茶，諸如此類。當然，自然也比周傲雲的計劃要正常得多。

「那麼傲雲你……」

「我正計劃退學去投考太空人。」

「當然你會這樣做。」雨嵐丟下這麼一句話，就沒有下文了。

「你一定能辦得到的。」當然，曉雪除了鼓勵傲雲一番之外，也沒有什麼好說的……難道直接告訴他，他只是在痴心妄想嗎？

「呃，辦得到才怪，」雨嵐倒是不打算對他客氣，「這種難得的機會可不會自己從天上掉下來，你以為是請暑期工嗎，你以為有人會……譬如說，隨隨便便在網上發個太空人招聘廣告？『招聘太空人，薪金面議』？別傻了。」

當雨嵐說這句話的時候，樂文正好在用手機上網。

「『招聘太空人，薪金面議』，」他將熒幕上的字照讀了出來，「嗯，這兒是這樣說的。」

「等等，什麼？！」其餘三人不約而同地叫道。

大家連忙往樂文的手機湊去，他們所看見的，自然就是楊力奇所發的、充滿誤導的招聘啟示了——他們做夢都沒有想到，竟然真的有人會在網上請人去當太空人。

「你果然沒有在開玩笑！」雨嵐說，「但這不合理啊！哪個正經八百的太空機構會做這樣的事情？這會不會是個騙局啊？我可是看過《少年警訊》的。」

「不，這一定是真的，」周傲雲此刻只覺無比振奮，「我這麼多年的努力，終於得到回報了！啊，就在這最絕望的時刻，一抹溫暖的曙光從地平線上……」

「好了你到底是想在這兒演舞台劇還是去當太空人？」雨嵐奚落道。

「……當太空人。」

「那還不快按這個地址去面試，看看到底是怎麼回事？」

「但這兒說他們需要太空人四名啊，我一個人可不夠，你們不如陪我去應徵吧？」

「好，我支持你。」曉雪連忙道。

「我可不去，這看起來很蠢……」雨嵐想了想，「等等，今天晚上我本來要去上我最討厭的小提琴課，現在我可以借故缺席了。算我一份兒！」

「我也去，」樂文道，「本來我要回家吃 Pizza，但我們全家那麼多人分吃兩個小小的 Pizza，那爭先恐後的情景，和恐怖片沒什麼大分別。」

「太好了，」傲雲笑道，「不過，先讓我回家去穿上我的《星際奇遇》T恤和《星際奇遇》鴨舌帽，還有背上《星際奇遇》背囊，以顯示我有多喜歡太空題材的電視節目，給對方一個好印象。」

說着他連忙起來結賬。

「待會兒坐地鐵時拜託離我們遠一點，」雨嵐說，「我可不想讓人知道我們互相認識。」

5

當天晚上，在張楊影業的辦公室裏……

「這麼久了，一個來應徵的人也沒有。」張易賢無奈地說。

「我都告訴你了，」楊力奇舒舒服服地靠在安樂椅上，悠然自得，「沒有人會喜歡看什麼沉悶的勵志青少年太空人故事，自然也不會有人會來應徵當演員啦。我敢打包票沒有人會來，我和你賭一百元。」

「唉，或許你說得對。」張易賢看起來是認命了，「估計我們是無法找到我們的太空人啦……」

他話音剛落，抬頭只見辦公室的另一端，四個青少年排成一列出場了，他們都帶着一副莊重的表情，以慢動作的速度邁着寬大的步伐，氣勢如虹地向張易賢和楊力奇走來……

「不好意思，你們是不是要招聘太空人？」周傲雲率先問道。

當然，無論是張易賢還是楊力奇，都以為他說的「太空人」，是指「飾演太空人的演員」。

「等等，你們真的是來應徵的？」楊力奇無奈地打開錢包，並遞給張易賢一百塊錢。

「真的難以置信，他們的年齡都合適，樣子也都很上鏡，就連出場也有氣勢得很……」張易賢說着仔細地上下端詳着傲雲，「等等，你身上穿的，不就是《星際奇遇》的珍藏版T恤嗎？」

這下張易賢可高興得合不攏嘴，心想這人還是他作品的粉絲呢，肯定對他作品的角色都很熟悉了，說不定能對接下來的演出有很大幫助。

「請坐下，現在讓我們立即開始面試吧。」張易賢把四人領到辦公桌前，那兒早已經擺了四張椅子。

待周傲雲等人坐好後，張易賢便鄭重其事地說：「首先歡迎你們來到，讓我們先來簡單介紹一下你們的角色。你們是四名渴望探索太空的青少年，即將接受一系列嚴苛的訓練，經歷千辛萬苦，成為有史以來最年輕的太空人，然後你們會一起乘坐太空船『夢想號』，飛到火星去執行一系列任務，並克服重重危機，最後平安回到地球來。關於這些，你們都聽明白了嗎？」

「是！非常清楚！」周傲雲聽得熱血沸騰，就差沒站起來敬禮了。

張易賢轉身打開他身後的攝影機。

「好吧，現在是時候看看你們到底適不適合這份工作。首先，我要分別問你們一些和太空探索有關的題目。」他說着拿起一疊問題，要扮演太空人，當然得擁有關於太空的基本常識，「你，請問飛到海拔多少公里之外的人，就可以算作太空人了？」

他所問的人是佘曉雪。

「呃，一百公里？」她遲疑地回答道。

「正確答案是八十公里。」張易賢說，心想她不知道正確答案也很正常，畢竟這種冷知識連大人也不一定答得對，更何況是青少年？於是他決定接下來問一些比較簡單的問題。

「你，目前載人太空飛行器的最快速度大約是多少？」

張易賢所問的人是周傲雲。這問題的正確答案是每秒十一公里，這紀錄是由阿波羅十號在登月後返回地球時所創造。

「嗯……每秒三百萬公里？」

這答案把張易賢嚇了一大跳，忙說：「三百萬公里？那可是光速的十倍啊？你肯定這是正確的答案？」

「噢對不起我弄錯了，」周傲雲一臉恍然大悟，更正道，「應該是每秒三千萬公里才對——我看電視裏的太空船差不多都是這麼快的。」

張易賢一拍額頭，心想這孩子肯定是科幻片看太多了。不過他決定不再糾纏了，先問其他人再說。

「你，請問太空中什麼東西對太空人造成的傷害最大？」

他問的人是謝樂文。本來他期待的答案是微重力、真空，又或者高能粒子輻射之類的答案，沒想到……

「外星人。」謝樂文一本正經地說，「特別是外星蜥蜴人，他們就混在我們的社會當中，隨時準備控制地球，就昨天我才在地鐵裏看見一個打扮成人類的蜥蜴人……」

「好啦，下一個問題！」張易賢開始感到不耐煩了，「你，請講出目前最先進的太空航天服有什麼重要功能？」

他指着鄧雨嵐。當然了，她又怎麼會給他一個正常的答案呢？

「嗯，自動幫太空人化妝？內置遊戲機？無線 Wi-Fi？MP3 播放器？我希望我的太空服會有這些功能，而且式樣最好時尚一點，才可以襯得上我的美貌。」

張易賢聽得目瞪口呆，望向楊力奇，只見他只是攤了攤手。

看見提問進行得並不太順利，張易賢便決定提早結束這個環節。

「好了，現在讓我們進行另一項測試。」說着張易賢把四人引到四堆家具部件前，「這兒每一組部件都可以組合成一件家具，你們的任務就是用最快的速度完美地把它砌出來。」

在張易賢的劇本裏，那些青少年太空人無論是操作還是修理太空船，手腳都靈活得很，所以他希望扮演這些角色的演員，都有同樣的能力。

「好了，準確好了嗎？**開始！**」

張易賢一聲令下，四人便立即開始組裝起來。

但是時間一分一秒過去，大家都似乎對這堆家具部件一籌莫展。好不容易過了二十分鐘，曉雪才好不容易組裝出一張歪歪斜斜的椅子來。雖然看起來有椅子的形狀，但似乎坐上去不幾秒就會塌掉的樣子。

「不好意思，我真的對手工藝不怎麼擅長。」她苦笑着說。

又過了十分鐘，周傲雲才終於完成了他的任務，這是一張桌子，但不知道為什麼桌子的四條腿中，竟然有兩條安裝在相反方向之上——傲雲他似乎連上下左右都弄不清楚呢。

「等等，原來這是一張桌子？」傲雲拿着組裝說明書左看右看，一臉懵懂。

接着輪到鄧雨嵐了，只見她要組裝的是一把梯子。但她自然決定發揮她的「創意」，重新把梯子砌成一尊充滿後現代感的雕塑。

「這雕塑將典雅與時尚結合於一身！看起來比梯子好看多了吧？」雨嵐自豪地說。儘管這「藝術品」看起來就像一堆牛糞。

而最後張易賢望向謝樂文，只見他的作品……竟然着火了。張易賢這下只感到無比絕望——試問哪有人連砌一張茶几都可以砌出火警來？

「我也不知道發生了什麼事，」樂文一臉無辜地說，「肯定是外星人的錯。」

張易賢連忙用滅火器把火救熄後，望向楊力奇，只見他已經笑得快喘不過氣來了。

張易賢這下心也涼了大半截——這四個小屁孩別說要演太空人了，就連普通正常人也恐怕當不了。

但他仍然不死心，決定繼續進行最後一項測試。畢竟招聘演員，最重要的就是看他們的演技如何，專業知識和手腳靈活之類只是旁枝末節而已……

「現在，我要你們合作演繹一個情境。」張易賢詳細解釋道，「想像你們正在執行第一次飛往火星的任務，但在進入地球軌道後，你們發現太空船的氧氣罐出現了故障、有爆炸的危險，你們在百般掙扎下、衡量過得失後，決定忍痛放棄這次難得的機會，取消任務返回地球。」

這是考驗四人的演技的時候了！張易賢心想。

「你！」他指着周傲雲，「你扮演太空船的隊長，此刻你剛剛發現太空船出現故障，其餘的情節就由你們自己發揮了，預備……Action！」

被張易賢指着的周傲雲，左望望右望望，一時之間不知道自己該做些什麼。他心想，這估計應該是想測試我作為太空人，有沒有冒險精神吧——真正的太空人才不會因為小小故障而放棄呢！

「咳嗯，好。」傲雲清了清喉嚨，便作狀地說，「啊看這兒，太空船出現了一點兒故障，氧氣罐隨時都會爆炸呢！不過，沒關係的，為了探索太空、為了人類的明天，我們必須以身犯險，用我們的生命作賭注！所以讓我們繼續前進吧！」說着他用一隻手指向想像中火星的方向。

聽到這裏，張易賢可是冷汗直冒，這完全不是他的意思呢。更何況，這孩子的演技實在是太差了，哪有演員每講一句台詞就會向攝影機望上一眼的。

佘曉雪倒是比較機靈，馬上引導着周傲雲説：「隊長！探索太空固然重要，但我們不能棄船員的生命而不顧啊！就算放棄這次任務，還有下一次機會；但如果我們犧牲了，那就不會再有下一次任務了。」

張易賢本來以為這場戲出現了轉機呢，沒想到傲雲卻立即道：「絕對不！會放棄才怪！我一定要到火星去，這是我的夢想啊！為此，我願意犧牲自己的性命，當然也包括你們的。所以別廢話了，全速前進！」説着還得意地向張易賢望了兩眼，一副等着他讚賞自己的模樣。

我們的科幻特技大師兼導演已經快要哭出來了。

而至於佘曉雪呢，則是轉向身旁的雨嵐和樂文，用眼神尋求他們的幫助。

只見雨嵐擺出一副事不關己的表情，事實上她從剛才起就一直在玩自己的手提遊戲機。

「雨嵐！」曉雪提醒道，「我們應該在扮演太空人啊！」

「你們不要吵，我正玩到最緊張的地方，」雨嵐懶洋洋地說，「我不管你是氧氣罐要爆炸還是被隕石撞擊還是遇上外星人，讓我過了這關再說。」

「樂文？」曉雪轉向他。

「啊我們還是不要到火星去比較好，」樂文倒是百分之百融入了他的太空人角色中，但這卻對情況毫無幫助，「我們可不知道火星人對地球人有沒有惡意呢。」

「呃，火星上應該沒有火星人吧？」曉雪歎了口氣，「而且這不是我們談話的重點……」

「太空總署隱瞞了一切，火星人肯定存在，」樂文鄭重地拿起辦公桌上的一支筆，「但不用怕，如果他們想對我們不利的話，我會用這支死光槍保護大家。」

看見大家都只懂得胡言亂語，曉雪也不打算逆周傲雲的意了。

「好啊，那麼我們繼續往火星去。」她無奈地說。

「耶！去火星！」傲雲大喊道。

「消滅所有火星人！」樂文則高舉他的死光槍。

「**我說別吵！**」雨嵐則道。

張易賢望着這幫蹩腳演員，已經悲哀得一句話都說不出口了。沒想到自己的拍劇大計出師未捷身先死，就連想找幾個人來試個鏡，都遇上了幾個瘋子。

「好了好了，不用演下去了。」張易賢沮喪地低着頭，只想快點兒把這幾個怪人打發掉，然後去挖個坑把自己埋起來，「謝謝你們來應徵，請留下你們的資料，我們很快會通知你們的啦，拜拜，再見，不送了。」

「真的？太好了！」周傲雲高興地把自己的電話抄下，遞給對方，「我可等不及開始接受訓練，並成為一個真正的太空人了！」

「真正的太空人……什麼？」

沒等張易賢反應過來，四個年輕人就已經往辦公室外走去了。只見周傲雲邊走還邊哼着《星際奇遇》的主題曲呢。

「他們不會真的以為……我們是要招請真正的太空人吧？」張易賢喃喃道，目送着四人的背影。

6

「就是這兒漏了兩個字，怪不得他們會會錯意啦！」楊力奇說。

此刻他和張易賢正擠在電腦屏幕前，仔細端詳之前所發的招聘廣告。的確，原本應該是「招聘太空人演員四名」的字眼，被錯打成了「招聘太空人四名」，這引起的誤會可不小。

「唉，你可浪費了所有人的時間，他們根本就不是演員。」張易賢恍然大悟地說，接着又補充道：「說起來他們都什麼年紀了，都十幾歲了還夢想要做太空人？現在我們得再發一次招聘廣告，看看有沒有真正的演員來應徵……」

張易賢說到這裏，卻見楊力奇一臉若有所思的樣子——每次他有好點子的時候，就會露出這樣的表情。

「嘿嘿嘿嘿。」楊力奇想着滿意地笑了起來。

「等等你到底在想什麼？」張易賢奇怪地說，「我可不會把一百元還給你。」

「我真是個天才！我們的網絡節目這下有着落了！」沒想到楊力奇高聲叫道，引得幾個職員探頭望向他。

張易賢皺着眉頭說：「你是什麼意思？我們連演員也還沒找好呢。」

「哈哈，剛才那四個便是了。」楊力奇一拍桌子。

聽見楊力奇這話，張易賢只感奇怪：「什麼？先別說他們根本就不是真正的演員，而且他們不是自以為是就是吊兒郎當，哪可能在正經八百的科幻電視劇中演出？叫他們去演搞笑節目還差不多……」

話說到一半，張易賢似乎突然領悟了什麼似的。

「等等，難道你的意思……」

「沒錯，我們可以把《火星自由行》改成一個搞笑節目，」楊力奇跳起來，激動地揮舞着雙手，「一個搞笑真人秀節目。」

「不，你別給我來這一套。」張易賢一聽，連連擺起手來。

「聽着，這四個青少年真的以為他們是來應徵太空人對不對？就讓我們成全他們！」楊力奇興奮地繞着他的辦公桌轉圈，一邊說：「當然，我們不是真的要把他們發射到太空去，我們只要好好地利用我們那些逼真的太空船道具，再加上一些巧妙的謊言——以那四個孩子的簡單腦筋，肯定不虞有詐——就可以讓他們以為自己真的當了太空人，正要去執行一次太空任務。然後，我們會根據你的劇本，安排一系列的『危機』供他們去化解，然後將他們的反應偷偷拍攝下來，製作成網絡節目，這肯定會大受觀迎！」

「這……但……這不是在騙人麼？何況，我可不能讓你糟蹋我辛辛苦苦寫好的劇本！」張易賢當然不同意。

「易賢老兄，我知道你很想拍百般正經的科幻節目，但現在的觀眾早就不喜歡這些東西了，」楊力奇停下，一手搭在名導演的肩膊上，「你知道他們最想看什麼嗎？他們最想的是等着看別人的笑話，你不見網上的人讚得最多的事情，都是某某做了什麼傻事、某某說了什麼傻話？某個人把雨傘當作降落傘從二樓跳下來結果扭傷了腿？一千個 Like；某個人穿着小丑服裝摸黑到處嚇人？一萬個 Like；某個人挑戰一口氣喝十支可樂結果忍不住嘔吐？十萬個 Like！大家都喜歡看別人當笨蛋，這才顯得自己聰明嘛……而像剛才那四個小孩的可笑『演出』，不就正中他們的下懷麼？」

看見張易賢還是不太同意的樣子，楊力奇又補充道。

「聽着，這是我們翻身的惟一機會，相信我，這節目如果按我的方式來製作，一定會大受歡迎。你也想公司成功對不對？」

「好吧。」楊力奇想了好一會，終於帶點遲疑地說，「但我們至少得告訴那四個孩子真相吧？」

「當然不，你別傻了，」楊力奇忙道，「他們的無知可是天賜我們的良機，真人秀嘛，當事人當然是什麼都不知道，才會有最真實的反應啊。你看，如果他們中途真的起了疑心，我們再告訴他們也不遲。」

張易賢聽了點了點頭，依然是一臉不太情願的樣子。但對於怎麼製作一個受歡迎的節目，楊力奇要比他清楚得多，當年《星際奇遇》之所以取得極大成功，很大一部分也是他幫忙推廣的緣故呢！

而在此刻，楊力奇已經開始着手思忖他的推廣大計了。只見他用手摸着下巴說：「而至於怎麼宣傳這個節目，我還有一個非常棒的主意……」

第二章　入選

1

在接下來的幾天裏，什麼都沒有發生。

自然而然地，周傲雲一直都在緊張地等待太空人招聘的結果，但除此之外，他的生活還是這麼過，做做暑期作業、玩玩電子遊戲、和朋友們逛逛街。另一方面，周爸爸看見自己的兒子再也沒有提起要退學去太空總署投考太空人，倒是挺滿意的，所以就沒有按他老婆的建議，去和傲雲談一談了。

日子一天一天過去，離那場面試已經過了足足一個星期，仍然沒有任何消息，就連一向過於樂觀的周傲雲，都幾乎要放棄希望了。

「別擔心，或者他們要花大量的時間來挑選入圍者呢！耐心一點兒。」曉雪不斷用這話來安慰周傲雲，但她心裏已很肯定不會有任何着落的了。

畢竟，這整件事聽起來就不靠譜——哪有人會在網上招聘太空人？而且為什麼要專門招聘青少年而不是大人？為什麼不要求來面試的人具備相關的工作經驗？反正，佘曉雪就不相信這會是真的。

當然，事情是這麼簡單就好了。

就在一個星期後的中午，周傲雲正在吃早餐呢，嘴裏媽媽所做的豬肉包子才吃到一半呢，他的手提電話卻響了起來。

周傲雲心裏正高興，一看原來只是佘曉雪打來的。

「喂？」周傲雲接了電話，「這麼早打來幹什……」

「聽着！你有沒有今天的報紙？」沒想到曉雪劈頭便說。

「什麼？」傲雲一下子摸不着頭腦，「有啊，怎麼了？」

只聽見電話那頭傳來翻報紙的聲響，接着曉雪的聲音再次傳來：「翻到本地新聞版第五頁，看看左下角的報導！快看！看了再說。」

傲雲只感到莫名奇妙，於是一邊聽着電話一邊走到茶几前，拿起爸爸早上看到一半的報紙，翻到曉雪所說的那一頁。

「『無業漢用膠刀成功打劫銀行搶走一百元』……呃，為什麼要我看這新聞？」

「不！我說左下角不是右下角！」曉雪沒好氣地說。

周傲雲不看還好，一看便心跳加速了起來。

只見這則新聞的標題為：私人機構計劃探索火星　載人飛船將於三星期後發射。

而以下則是新聞內容：

「本報訊　在美國旅居者號火星探測車着落火星二十週年之際，本地一間私人機構拋下一顆重磅炸彈，宣布即將在三個星期後發射一艘載人太空船，帶着四名太空人到火星生活，然後在一個月後折返。

該機構不願意透露姓名的負責人表示，此次任務的資金由一位中東富商所提供，而飛船的製造和測試則由前美國太空總署工程師負責。

機構負責人接收本報訪問時說：『到目前為止，所有太空船發射前的準備工作已經完成，我們也剛剛完成了太空人的選拔。』

本報記者問到，為什麼在飛船發射前三個星期才完成太空人的選拔，機構負責人聲稱，這是因為他們花費了大量的時間來研究不同年齡、不同階層的人對於生活在外星球的適應能力。最後的結論就是，只有十四至十六歲的青少年才最適合執行這次任務。

機構負責人說：『我們的先進太空船以全自動化的理念進行設計，可以自動進行起飛、飛行和降落的動作，基本上只需要經過三星期的訓練，（太空人們）就可以完全掌握飛船的操作，所以不用擔心訓練時間不足。』

本報記者問到，為什麼發射太空船這種大事，之前竟沒有任何有關的報道時，對方回應：『太空探索是一個新興行業，競爭非常激烈，如果我們事前透露任何消息，都可能會引來競爭對手破壞，或者竊取我們的機密資料，所以我們才逼不得已盡力隱瞞。如果大家有任何懷疑的話，即管等到飛船發射之日，就可親眼驗證真偽了。』

當記者打算詳細追問時，負責人表示不能再透露更多消息了，只是再次強調了飛船發射日期，便結束了訪問。

請繼續留意我們的相關報道。」

看畢這篇報道，周傲雲幾乎要叫出來了——這間私人機構，和一星期前替他們面試的，肯定是同一家了。這下他只希望他們四人能夠被選上，成為第一批探索火星的太空人！

「曉雪，我實在太高興了！這一切都是真的！」周傲雲高興地對電話說。

「嗯，我還是對此有點懷疑，」曉雪依然有點保留，「但既然他們都上新聞了，應該不會是假了吧？我也不知道。」

「哈哈，別這樣，這肯定不是個騙局。他們弄出這麼多動作，就是為了騙我們四個小孩子？這怎麼可能……」

就在這時有另一個電話打了進來，於是周傲雲叫曉雪等一等，便接通了另一個電話。一把既陌生、又有點讓人熟悉的聲音傳來。

「你好，是周傲雲先生嗎？嗯，你好，我是上次為你們面試的人之一，不好意思這麼遲才打電話給你，但我想通知你，你已經被選中成為四位即將出發到火星的太空人之一。」

聽到這兒，周傲雲連呼吸都停住了，眼直直地望向遠方，一動不動。

「我想你應該已經從報紙上看到關於我們的訪問，當然詳細的任務內容，只有你們才有資格知道，所以麻煩你帶你的朋友再來一次我們的辦公室，聽取我們的任務簡報，然後隨即開始訓練……」

就在這時周傲雲尖叫了起來，把電話中的楊力奇、正在桌子旁吃早餐的周爸爸和周媽媽都嚇了一大跳。

似乎大喊大叫還不夠表達周傲雲的興奮之情，只見他一邊手舞足蹈、一邊彈跳着，圍着客廳繞圈子，十足一個瘋子。

周爸爸望了望他兒子那吃了一半的肉包子，又望了望自己手上的那個，說：

「這個……老婆你是不是放錯了什麼東西進肉包子裏，咱們的兒子吃了一半後，好像不怎麼正常的樣子。」

「這個，我的確是放多了點醬油。」周媽媽有點擔心地道。

「不不不，我沒瘋，」周傲雲對他父母說，連忙對着電話說，「謝謝你謝謝你，我會儘快來報到的了。」

周傲雲剛結束通話，便馬上將手上的報紙遞到他爸爸面前。

「爸爸你快看這兒！」

「私人機構計劃探索火星……」周爸爸眼珠轉個不停，迅速地讀着新聞文稿的內容。

「哈哈，這聽起來是胡說八道，」他讀完新聞後，一拍大腿，「人家美國太空總署要發射個探測器去火星都失敗了好多次，這什麼機構以為自己有能耐可以發射載人飛船？那幾個傻瓜太空人可是自求多福了。」

他的話就像一盆冷水潑過去，一下子讓傲雲的心涼了一大半。

「爸爸，我就是那幾個傻瓜太空人之一。」周傲雲皺着眉頭說。

這話一出口，周爸爸先是一臉不相信的表情，還以為兒子是在開什麼無厘頭玩笑呢，但看見他那一臉嚴肅的樣子，卻又不像是在吹牛。

「什麼……這……」周爸爸的臉一陣紅一陣綠，「你得好好給我解釋這一切！」

周傲雲當然求之不得，他立即用簡單幾句話，就將他和另外三人一起參與面試的過程講述了一遍。當然，在他的敍述中，他在這場面試中的表現可是優秀得不成樣子，差不多連美國太空總署也要給他一個 Like 的程度。

不過周爸爸聽後，可氣不打一處來。

「拜託，我還以為你突然想通了，不再提什麼一屁股坐上太空船飛到天上去的事呢！想不到你竟然相信這種無聊之極的騙局！」

「這不是騙局，」周傲雲立即反駁道，「你只是妒忌我可以有機會實現自己的夢想而已！」

「你……」周爸爸生氣得連話都說不出來，最後他把手一揮，「總而言之，我不許你去當什麼太空人。」

「我偏要去，你能奈我什麼何？」周傲雲一叉腰，趾高氣揚地回敬道。

看見父子兩人快要鬧翻了，周媽媽立即介入其中。

「好了好了，你們兩個就別吵了，」她實事求事地對兩人說，「老公，我不知道這火星之行到底是真的，還是個騙局，但如果傲雲想去的話，你也阻止不了啊。我想你惟一能做的，就是陪傲雲他們一起去這間公司的辦公室，搞清楚來龍去脈，再決定也不遲。」

周爸爸心想這也挺有道理，如果這真的是個騙局，一定不會逃得過他的金睛火眼，他好應該親自去驗證一下。

「好，叫上你的朋友們，我就和你們一起去，和那間什麼機構當面對質！」

2

周爸爸駕着他的車，把周傲雲和他的三個朋友送到了目的地。在整個駕駛的過程中，周爸爸一直都板着一副兇神惡煞的臉，嚇得四人都不敢作聲。

他們乘升降機來到張易賢和楊力奇的公司前，只見公司門前掛着一個嶄新的招牌，上書「張楊太空探索有限公司」，看起來似乎很正式的樣子。

當他們終於見到張易賢和楊力奇本人時，周爸爸劈頭便開罵了。

「喂，你是這裏的負責人對不對？」他惡狠狠地說，「我是周傲雲的父親，我是來踢館的！你們到底在耍什麼花招？」

張易賢和楊力奇可沒預料到孩子們的父母會這麼快找上門來。要知道，他們在新聞記者面前躲躲閃閃的，就是害怕這謊言會太早被揭穿，讓周傲雲他們知道真相，那麼這真人秀可就不夠「真」了。如果真的要深究下去，他們的謊言哄哄小孩子還可以，可騙不了大人。

「呃……這個，你是周傲雲的爸爸對不，」張易賢緊張地說，「嗯，讓我們詳細地跟你解釋。但是，我想私下和你談……」

「不！有什麼要談就在這兒談個夠！」

「請幫幫忙，」張易賢對周爸爸使了個眼色，悄悄地說，「有些事情不能讓你的兒子知道。」

周爸爸本來是打算堅持下去的，但此刻他的好奇心卻佔了上風，於是便跟着兩人走到楊力奇的私人辦公室裏。

當張易賢和楊力奇關上門，確保沒有人能聽見他們的說話後，便立即將整件事的來龍去脈都向周爸爸透露了出來。包括他們如何打算製作一套網絡節目啦、如何在招聘廣告中打錯了字啦、周傲雲四人如何來應徵面試啦、他們決定如何利用這個好機會製作一套真人秀啦……都毫無保留地和盤托出。

「那麼說，這一切真的是個騙局？」周爸爸好不容易接收了所有資訊後，終於回過神來，說。

「是。」張易賢回答。

「你讓我的兒子以為自己即將成為太空人，執行所謂的火星任務，並且會將他的所有醜態拍攝下來？」

「呃……沒錯。」豆大的汗珠開始從張易賢的臉上流下來。

「然後你們準備把這些片段放到網上去，讓所有人都看見他的笨蛋行為？讓他接下來的很多年、甚至整個餘生都生活在別人的恥笑之中，這是你想達到的效果？」

聽到這裏，張易賢幾乎百分百肯定自己會被揍了，話音顫抖地說：「聽着，周先生，我們也只是想混口飯吃……」

「**這實在是太好了！**」周爸爸用力把手一拍。

「別打臉！」張易賢本能地用手掩護自己，隨即又奇怪地說，「等等，什麼？」

只見周爸爸的高興之情是從心底裏湧出來的：自己的兒子自小就嚷着要當太空人，煩得他幾乎都要發瘋了，現在有人願意替他好好耍一下這小子，挫挫他的銳氣，他又何樂而不為？

「能能能，就按照你們的意思做，」他拍拍張易賢的肩膊，又拍拍楊力奇的，「記着，一定要盡量讓他出醜，其他幾個小孩就算了，反正奚落得我的兒子越厲害就越好！」說着他便一邊笑着一邊大步流星地離開了辦公室，留下莫名其妙的兩人。

周傲雲一見他爸爸從辦公室裏走出來，便走上前去。

「爸爸，你不用勸我放棄了，我一定……」

出乎他意料之外，周爸爸馬上把他的話接了下去。

「你一定能成為一個太空人！」他邊說臉上邊掛着一個大得誇張的笑容，「爸爸絕對不會再阻止你，去啊，為我們的家、為我們的城市、為我們全人類爭光。」

看見他爸爸的態度一下子就轉了一百八十度，傲雲反倒感到不習慣了。

「呃，爸爸，這完全不像你。」

「他一定是給調換了，他是外星蜥蜴人假扮的。」謝樂文煞有其事地對身邊的雨嵐說。

「不不不，裏面的兩個人說服了我，」周爸爸連忙道，「記着，你一定要全力以赴執行這個重要的任務，如果你出醜了，那麼全世界所有人都會指着你來恥笑，由你十五歲一直笑到七十五歲還沒完，你也不希望發生這種事對不？給我好好努力！」

不過他心裏想的卻是：等最後真相大白時，你都不知道會有多糗啊，笨小子。

「呃，謝謝。」周傲雲一時間不知道該如何回應，只好說。

接着周爸爸便笑嘻嘻地邁着輕鬆的腳步，離開了現場。

「好吧，那真的好奇怪。」曉雪評論道。

「或者他們的火星登陸計劃真的很讓人印象深刻吧。」傲雲聳了聳肩。

這時楊力奇辦公室裏走了出來，張易賢則扛着一架攝錄機跟在他身後。

「這個，我要將這一切拍攝下來，以留傳後世。」張易賢多此一舉地解釋道。

「歡迎！孩子們。」楊力奇接着說，「恭喜你們即將成為世界上第一批登陸火星的人，現在，讓我們開始吧！」

「是！」身處鏡頭前的周傲雲「啪」地一聲立正，十足身處新兵訓練營。

「首先我們先簡單介紹一下此次火星登陸任務，在經過三個星期的訓練後，你們將會乘坐『夢想號』太空船起程前往火星，並在當地生活一個月，其間你們需要執行一系列探索和搜集標本的任務。這一點你們明白了麼？」

只見鄧雨嵐舉起了手來。

「火星那兒的太陽大不大？我需要帶多少度的防曬霜？」

「呃……」這話問得楊力奇一愣一愣的。

「那兒有沒有 Wi-Fi？」謝樂文則舉手道。

楊力奇好不容易才回答：「不不，你們不能帶上手提電話或者自己的私人物品。」

「那麼我不參加了，拜拜。」說着雨嵐已經準備離開。

「我也是。」樂文同意道。

「等等等等，」楊力奇只感哭笑不得，「雖然你們不能上網，但那邊有書、漫畫和音樂播放器之類的東西來為你們解悶呢，我們事前發射了一系列的太空船到着陸地點，並利用機械人建立了一個太空基地，裏面的生活設施一應俱全，所以你們不用擔心。老實說，去火星這麼難得的機會，你們應該不會錯過吧？這種事放上 Facebook 的話不知道會得到多少個 Like 呢！」

雨嵐和樂文互望了兩眼，心想他的確是有道理……應該是說到了點子上，於是便聳了聳肩，決定留下來。

「好了，現在讓我們分配工作吧。我已經根據你們各自的能力和特點挑選了你們的職位。」楊力奇望向每一個人，最後視線停在周傲雲之上，「你，周傲雲，你是太空船的主駕駛員，也是這次行動的隊長，整個任務大大小小的事情，都要由你決定。」

「謝謝長官！」周傲雲聽得可爽快，高聲回應道，就差沒跪下叩頭了。

楊力奇可沒說謊，四人的職位，的確是根據他們的能力和特點來挑選……目的卻是為了盡量製造最多的笑點。

例如說，周傲雲是個戲劇化的自我中心主義者，對他來說，「世上無難事，只要肯胡來」，遇見什麼困難都是一頭熱地衝過去，也不停下來想想自己的想法現不現實，也從不考慮一下別人的感受。就是因為這樣，他當團隊的隊長就再合適不過了，在他的「英明」領導下，會不弄出各種笑話才怪。

「你，佘曉雪，你是太空船的副駕駛員，」楊力奇接着轉向曉雪，「也是這次行動的副隊長，你的職責就是為隊長傳達命令，並向隊長提出各種建議和意見。」

「嗯，是。」曉雪有點猶豫不決地說。

當然了，副隊長的職位也是為了她而度身訂造的，她可算是四人之中最有頭腦的一個人——但另一方面，說好聽點，她喜歡當老好人；說難聽點，她是個應聲蟲。讓她當副隊長的話，周傲雲無論有什麼天方夜譚的點子，她肯定都會為了不傷害對方的自尊，而連聲同意。

「你，鄧雨嵐，你是此行的任務專家，」楊力奇又轉向雨嵐，「專門向隊長報告太空船、火星基地，和各種裝備的狀態，同時確保所有任務都能成功執行。」

「哦。」雨嵐雙眼盯着手機，敷衍着說。

讓鄧雨嵐負責各種任務的實施，原因也不言而喻。這麼一個不負責任的人，恐怕讓她去買個蘋果，她也會買個梨回來，又怎麼可能處理大大小小各種各樣的管理工作呢？

「你，謝樂文，你是此行的飛行工程師，」楊力奇最後對樂文說，「你專門負責通信聯絡、飛行安全，你需要維持太空船及各種設備儀器的正常運行，並隨時隨地協助其他人的工作。」

「怎麼聽起來好像很多東西要做的樣子，」樂文嘀咕道，「我以為太空人就是負責飛到太空然後飄來飄去而已。」

而至於樂文，就更不用說了。楊力奇甚至懷疑，以他災難般的自理能力，到底能不能順利活到太空船起飛那天……

總之，有他們四個人在，這節目一定會無比精彩。楊力奇心想。

「好了，」他雙掌一拍，「現在，在為你們進行訓練之前，還有沒有其他問題呢？」

「嗯，」這時周傲雲舉起手來，問道：「我們能不能看看這艘太空船？」

楊力奇和張易賢臉有難色地互望了一眼，兩人都不知道這麼早就讓四人去看太空船，是否是個好主意。

當然，太空船這麼重要的道具，肯定是早就已經準備好了的，幾天前就已經被張易賢從某個倉庫的某個黑暗角落裏搬出來，重新修復得漂漂亮亮，像新的一樣。

但他們本來是打算在飛船「升空」之日，才讓四人一睹太空船的真身，現在周傲雲這麼一問，他們卻又想不出什麼理由可以拒絕……

「跟我來。」楊力奇只好說，帶着眾人離開了辦公室。

3

「各位，這就是我們的『夢想號』太空船！」楊力奇對大家說。

此刻他們正身處於某工業區的地下倉庫裏，面前是一架五米高的白色飛行器。

這艘太空船看上去就像隻企鵝、上窄下闊，除了底部有凸出的火箭引擎和尾翼之外，就沒有其他的裝置了，讓整架飛船顯得平滑而充滿了未來感。

不過如此科幻的飛船，卻和倉庫中其他雜七雜八的貨物擺放在一起，看起來非常不協調。至少對佘曉雪來說，將太空船這麼重要的東西存放在工業區倉庫，而不是在專門的停機坪中接受檢查和測試，實在有點古怪。

「這個，好像……比我想像中的要小了一點。」鄧雨嵐評論道，「我以前見的太空船都至少幾十米高的。」

「別被它的尺寸騙了，它的能耐可不簡單，」張易賢露出驕傲的神情，如數家珍般地說，「它具有三千萬匹馬力，速度在大氣層中可以高達二十四馬赫，僅靠自己的動力就可以脫離地球引力，並在幾小時內飛到月球然後飛回來。它真是人類最先進科技的結晶品啊……」

當然，他所說的都只是太空船想像中的設定而已，完全天馬行空——有這般能耐的飛船，就算你給美國太空總署十億元和十年的時間，恐怕也製造不出來。

張易賢談他的太空船談得正高興呢，轉頭卻見周傲雲整個人趴在太空船的外殼上，閉上眼睛、一臉享受的樣子。

「嗯，我們是不是該離開，讓你和太空船獨處一會兒。」他猶豫地問道。

「噢不不不，不用理我。」周傲雲表情仍舊，說。

「為什麼這飛船看起來有點兒眼熟，好像在哪兒見過的樣子。」謝樂文用手摸着下巴。

如果四個年青人仔細回憶的話，就會記得這艘太空船道具曾出現在《星際奇遇》的某幾集中，充當地球的最新航天飛船，和奇路所駕駛的外星太空船並肩作戰，共同擊退外星海盜。

「呃沒錯，這艘飛船的設計的確是參考了一些科幻電視劇的造型。」張易賢連忙解釋。

這時周傲雲問他：「我可以坐上駕駛席嗎？」

「當然當然。」

於是張易賢按下飛船上的一個按鈕，飛船的艙門隨即向一旁滑開，露出裏面的駕駛艙。只見駕駛艙的四周都是複雜精密的儀表板，上面無數的按鈕、熒光幕，看得人眼花瞭亂。

而在儀表板之間，則是四個造型獨特的駕駛席。其中安裝在最前方、最顯眼的，估計就是主駕駛員的座位了。在周傲雲眼中，這駕駛席就像在閃着耀眼的光芒。

他慢慢走進飛船內部，坐在駕駛席上，摸摸這個開關、碰碰那個熒光幕，隨即一股無以言狀的驕傲之情油然而生。他想像自己彷彿正在千萬人的注視和期盼下，駕駛着飛船一飛衝天，向自己的畢生夢想進發……

「……然後他當然是感動得哭出來了。」雨嵐望向坐在駕駛席上淚留滿臉的周傲雲，搖着頭說。

一直在飛船四周踱來踱去的佘曉雪，這時突然問道。

「不好意思，我有些問題，既然這艘太空船憑自己就可以飛上太空，那麼它的燃料都裝在什麼地方呢？你知道，穿梭機起飛時都要一個大油缸來裝燃料啦，這麼小小的一架太空船，似乎裝不了多少燃料的樣子。」

這一問，可把張易賢問得啞口無言。

「噢，這個啊，我們的飛船使用了最新的核動力推進器，所以不需要那麼多的燃料來飛行呢。」他好不容易回答道。

曉雪又追問：「那麼問題就來了——核動力反應堆都會有致命的輻射啊，通常都會有厚厚的防輻射屏蔽層呢，這兒好像沒有這樣的東西。」

「呃，因為呢……我們發明了一種既薄又有效率的防輻射物料……」

「另外，駕駛席上怎麼沒有安全帶？在太空中沒有重力，不繫安全帶的話，太空人不是很容易會到處亂飄嗎？」

張易賢只感到越來越尷尬，他的科幻設定雖然頗算嚴謹，但說到底也只是胡道八道，真的要追究到底的話，肯定不那麼容易自圓其說。加上，他本來就不是個懂說謊的人……

幸好這時楊力奇連忙上前解圍，在撒謊這方面他可是個專家。

「這個啊，你就不懂了，飛船的設計師全都是世界上最頂尖的科學家，這艘飛船價值過億美元，集地球上所有先進的科技於一身，當中有很多技術都是前所未見的——例如說，我們的飛船擁有模擬地球重力的能力，名叫『量子力學人造重力產生器』，這讓太空人在無重力下都可以像在地球上一樣四處走動，不會亂飄。現在你明白了嗎？」

楊力奇本來以為用一些看似專業的術語就可以把曉雪嚇退，沒想到她又說：「那麼這些設計飛船的頂尖科學家在哪兒？不是應該在為飛船升空作準備嗎？為啥半個人都不見？」

「他們……全都休假去了。」楊力奇滿頭是汗，心想這小妮子果然厲害。

佘曉雪還是一臉沒被說服的表情。這件事越琢磨下去，她就越感到不對勁，這兩個人肯定有事情在瞞着他們四個。就在她打算追問下去之前，雨嵐卻說：「好吧我們都該走了，是時候回家吃飯嘍。」

「噢對對對，你們也是時候該走了，我們還需要對太空船做一些測試呢！」楊力奇連忙道，「記得明天開始來接受太空人訓練哦。」

「我想留下啊，」郤見周傲雲像個小孩子般撒賴道，「我今晚就睡在飛船裏好了。」

「你夠了沒。」雨嵐沒好氣地說。她和樂文一左一右，連拖帶攆的把周傲雲拖離現場。於是佘曉雪也只好跟着他們離開了。

「那個曉雪似乎很聰明，」楊力奇望着他們離開的背影，小聲道，「有點兒太聰明了。」

「我知道，如果讓她提早發現這一切都是假的話，那就麻煩了。」張易賢同意着說，一臉擔心。

4

周傲雲四人打算一起乘巴士回家，往巴士站的路也已經走到一半，這時佘曉雪郤突然摸了摸褲袋，喊道：「哎呀，我好像把自己的手提電話留在那個倉庫裏了，我得回去拿。你們先走吧，不用等我了。」

沒等其他人回應，曉雪就已經一溜煙地往回跑去。

當然啦，她的手提電話還好端端地待在她的褲袋裏，她只是想找個藉口回倉庫去一探究竟，揪出這件事的真相。

幸好，倉庫的門並沒有被鎖上，曉雪偷偷地溜了進去，只見不遠處，楊力奇和張易賢正隨隨便便地倚靠在那架理應「價值過億」的飛船外殼上，你一言、我一句地議論着。

「……我一直都在關心網上的評論，很多人看過我們的新聞報道後，都紛紛發言質疑我們，認為我們是一個騙局。」張易賢說。

「這是意料中事呢，他們可不笨。」楊力奇則道，「但這正是我們所要的效果！人們越是質疑，就會越多人知道我們，等於是免費替我們作宣傳呢。」

「我得說，在炒作新聞這方面，你真的是很有心得。」聽張易賢的語氣也不知道是奚落還是讚美。

「哈哈，過獎過獎，」楊力奇倒是一臉自豪，「當三星期後，四個小孩子坐着飛船『升空』，斷絕和外邊世界的一切聯繫時，我們就立即向外公布實情，讓大家都知道這只是一個真人秀，保證大家都會搶着來看我們的節目，到時我們收廣告費都肯定收得手軟了。」

聽到這裏，曉雪吃了一驚。雖然她早就覺得這兩人可疑，但也只是以為他們隱瞞了一些重要的細節，譬如任務的規模和危險性之類，想不到這整件事都是假的，而且還把他們四人當成傻子！她必須儘快通知周傲雲他們……

偏偏不遲不早，曉雪的手提電話這刻卻「適時」地響了起來。

「是誰？」楊力奇立刻叫道。

曉雲看見這形勢，便決定豁出去了……

她隨手拿起地上的一個金屬板手，跑到太空船前。

「**是我！你們統統別動！**不然我就用這板手在這太空船上砸幾個大洞出來，」

她威脅道，「真的太空船可不會那麼脆弱，但這應該只是個道具吧。」

「等等等等……」張易賢忙阻止道，「有話好好說啊小朋友！」

「你們以為我們還是孩子就好騙了嗎？」曉雪毫不退讓地說，「還不是讓我識破了你們的陰謀？原來你們都是騙子！弄出這麼多動作，原來都是為了騙我們進圈套裏，成為你們真人秀節目的主角。」

楊力奇和張易賢這下可張惶失措起來，他們本來信心滿滿，以為要點花招就可以騙過這四個笨小孩，沒想到現在卻反被將了一軍，眼看他們一手一腳建立起來的計劃就要泡湯了……

「我可不能讓你們得逞，我現在就打電話將真相告訴所有人！」曉雪說着就拿起手提電話。

這時楊力奇心生一計。

「好好，你儘管打，我們沒有所謂。」他說。

「真的？」聽見他的話，曉雪倒是有點遲疑了起來。

「其實讓你們知道真相也沒什麼問題，但在你打電話之前，先聽聽我們的解釋，再決定也不遲。沒錯，我們的確是打算製作一個真人秀網絡節目，也的確是騙了你們，不過這一切除了為了錢之外，也是為了鼓勵觀眾去實現他們的夢想呢。」

「我不相信。」只見曉雪仍然一臉懷疑。

楊力奇用手示意身旁的人：「沒騙你，在我身邊這位，並不是別人，正是《星際奇遇》的製作人兼導演——張易賢本人！」

只見張易賢尷尷尬尬地向她揮了揮手。

「原來是你？怪不得你看起來那麼眼熟……」曉雪恍然大悟地道。她曾經看過電視台採訪張易賢的片段呢，不過那是很多年前的事了，所以才沒有第一時間把他認出來。

張易賢想了一想，說：「呃，對對，當初我們開始這個計劃時，本來是想拍一套像《星際奇遇》般的電視劇，但這次卻不是以外星人為題材，而是力求真實，以四位立志成為太空人的青少年為主角，目的是為了鼓勵觀眾實現他們難以達到的夢想。」

他的話倒是事實，但楊力奇接下來所說的就完全是謊話連篇了。

「沒錯啦，而當初我們會發出招請青少年太空人的廣告，就是希望在劇中扮演太空人的青少年，本身也立志當一個太空人，這樣拍電視劇時才夠入戲嘛。但當面試時，你們的絕佳表現給了我們一個主意：如果你們一直都不知道自己是在演戲的話，豈不是更加有真實感嗎？所以我們才臨時決定不把真相告訴你們四個，並將節目改成一齣真人秀。」

說着楊力奇把手一攤：「當然啦，如果你們知道了真相，那也沒什麼所謂。但是，如果你們什麼都不知道，才可以達到最佳的戲劇效果。」

「嗯……」佘曉雪似乎被他們說動了，「我不知道，但這樣騙大家不是那麼好啊。」

楊力奇立即道：「我看你那個名叫周傲雲的朋友，似乎真心想當個太空人呢。其實，我們之所以不向你們公布真相，其中一個目的也是不想讓他失望啊。」這一句話可是說到了曉雪的軟肋上。畢竟她最害怕的，就是讓自己的朋友失望啊。

「但他一旦知道真相……」

「噢，你知道，他想做太空人，也是想當一個萬眾矚目的英雄而已，」楊力奇狡辯道，「如果這個節目受到歡迎的話，他自然也會成為眾人眼中的焦點了。他一定會很高興的。」

佘曉雪此刻內心掙扎着，一時之間也下不了決定。

「這個，我要好好想一想。」她說着歎了一口氣。

張易賢連忙說：「沒關係的，慢慢考慮，時間多的是……」

只見楊力奇暗地裏給了他一肘子。

「……呃，我是指，明天之前答覆我們吧。」張易賢連忙改口道，然後遞給她一張卡片，「這是我的電話，有什麼事情都可以打給我。」

曉雪接下卡片，點了點頭，便在兩人擔心的注視下，離開了倉庫。

她邊思索着邊走向巴士站，還沒走到一半呢，周傲雲卻突然出現在她面前。

「喂！」他高興地叫道。

「你為什麼會在這兒？」曉雪驚訝地問。

「等你啊，不過雨嵐和樂文他們先走了，」周傲雲又問，「你拿電話怎麼拿那麼久？嗯，還有為什麼你手上拿着一個板手？」

「嗯，沒什麼，我多留了一會幫忙修理那艘太空船而已。」這下輪到曉雪說起了謊來，她邊說邊把板手丟到路邊去。

「哈哈，它實在是太漂亮了，對不對？」傲雲讚歎着說。

「是啊。」曉雪隨口回應道，心裏卻在想着別的事。

說着，兩人已經來到了空無一人的巴士站前，兩人依靠在鐵欄上。

「曉雪，你知道嗎？我感到這一切都很不真實。」

聽見傲雲的話，曉雪一怔，還以為他也開始懷疑這一切是個騙局呢。不過他接下來的行為，卻證明了他遠沒有曉雪所想的那麼聰明。

只見周傲雲使勁地用手指捏了自己的臉一下，捏得淚水都出來了。

「**啊！痛！**」他痛得直叫，卻又隨即高舉雙手，歡呼起來，「耶！這不是個夢呢！」

這引得曉雪不禁哈哈大笑起來。

兩人一起笑了一會後，周傲雲接着說：「說真的，這簡直就像是在發夢一樣呢，如果這真的是個美夢的話，我只希望自己別那麼快醒來。」

聽到這兒曉雪不自在地搔了搔頭，說：「我知道當太空人真的對你很重要呢，不過……」

傲雲似乎沉醉在自己的思緒中，沒有聽見曉雪的話，又繼續道：「當學期剛剛結束，暑假剛剛開始時，我心想，唉，這爸爸肯定不會讓我去投考太空人，而這個暑假又要無無聊聊地度過了，說不定接下來那個暑假也是這樣，再接下來的暑假也一樣，再再下個也一樣……我這生人只會一直一事無成下去，永遠都無法實現自己的理想。」

曉雪聽着低下了頭。

「但想不到沒過幾天，一切都竟然成真了！哈哈！」傲雲望向自己最好的朋友，

「嗯，其實我想說的是，謝謝你，曉雪，謝謝你一直以來都支持和相信我，你真是我最好的死黨。」

曉雪怔了半響，才好不容易道：「哈哈，你別這個樣子，我可不習慣。」

只見周傲雲聳了聳肩，一臉不置可否的樣子。

「說起來，怎麼巴士還不來。」他抱怨道，「我還是叫爸爸來接我們算了。」

說着傲雲掏出手提電話，開始發短信息給他老爸。

這時，佘曉雪暗暗地作了個決定：既然周傲雲不惜一切都要實現他的夢想，而她是沒有辦法在不傷害他自尊的前提下，讓他改變主意的了，那麼還不如將錯就錯，讓他嘗一下當一回太空人的滋味呢。何況，說不定事情真的會像楊力奇所說的那樣，當傲雲成為眾人眼中的焦點、甚至是人們眼中的英雄後，就會滿足於這一切，就算知道自己不是真正的太空人也沒所謂……

想到這裏，曉雲偷偷用她的手提電話，發了一個短信息給張易賢。

她寫道：「我不會揭穿你們的，請讓一切按計劃進行吧。」

第三章　出發

1

時間：二零一七年年八月一日早上九時五十分
地點：「夢想號」太空船發射場（暨貨櫃碼頭）
任務狀態：太空船發射前十分鐘

轉眼間就到了「夢想號」太空船發射的日子。

今天天氣清朗得過分，太陽高高掛，天上一點雲也沒有，空氣中只有一點溫柔的微風，最適合的就是發射飛船升空了。不過，這艘飛船就像隻企鵝——根本就沒有飛上天去的能耐。

早在半小時前，周傲雲等四人就已經穿上太空服，進入太空船裏坐好，等待升空的指令。

「啊，為什麼要這麼早起來？平時我在這個時間還在睡覺，」謝樂文在他的駕駛座位中伸着懶腰，「好睏啊，讓我先睡一會，飛到火星時通知我。」

「根據計劃，我們要花二十四個小時才能飛到火星去呢，」曉雪提醒道，「你怎麼可能可以睡那麼久？」

「別小看這懶傢伙，」鄧雨嵐解釋道，「有一年暑假他曾經賴在牀上整整兩天都不起來，睡上二十四個小時對他來說可是小菜一碟。」

「各位，請集中注意力，我們可是在執行任務呢。」周傲雲一臉嚴肅地說，目不轉睛地盯着面前熒光幕上的讀數——雖然實際上，這些讀數半點兒意義都沒有。

「『我們可是在執行任務呢』，」雨嵐學着他的語調說，「你就不能放輕鬆點嗎？他們都說了，這飛船是全自動駕駛的，我們除了起飛時要按一個按鈕之外，什麼都不用做。」

周傲雲不滿地望了她一眼，正想說什麼呢，這時楊力奇的聲音從揚聲器裏傳出。

「各位，我們還有幾分鐘就要起飛了，你們之前所接受的訓練，現在終於用得上了，大家都準備好了嗎？」

「**準備好！**」周傲雲搶在其他人之前，中氣十足地回答道。

在之前的三個星期裏，周傲雲他們四人密鑼緊鼓地接受了太空人特訓。雖說是特訓，其實只是些馬馬虎虎、敷衍了事的表面功夫。

例如所謂的體質訓練，就是讓四人在運動場上跑一個圈，然後做十下掌上壓、跳五十下繩，比上體育課還要輕鬆；而所謂太空理論訓練，就是讓四人把太陽系的八大行星的名字從頭到尾背誦一遍，又或者學習其他連小孩子都知道的「專業知識」；另外所謂的心理訓練，就是讓四人去參加露營，學習「野外求生技能」，問題是在他們的營地隔壁就有一個食品種類齊全的小賣部，根本就不需要求什麼生；還有最後所謂的飛行適應訓練，其實就是讓四人去玩幾遍海盜船、咖啡杯、碰碰車等機動遊戲，僅此而已。

當然啦，周傲雲在進行這些「特訓」時，都不知道有多認真；相比起來，雨嵐和樂文兩人就一直都是渾渾噩噩、滿不在乎的樣子，讓傲雲頭痛得很。特訓開始沒多久，四個青少年太空人就似乎分成了兩個派別，一派是由周傲雲和佘曉雪所組成的「認真」派，另一派則是由鄧雨嵐和謝樂文所組成的「差勁」派，而兩派之間總是會鬧些小矛盾……

「很好，我們控制中心這兒會隨時向你匯報最新消息。」楊力奇説着便關上了咪高峯。不過，他並非身處什麼飛船控制中心，而僅是在飛船幾米開外，通過數十個熒光幕觀察着太空艙內四人。四周，各節目人員都在忙着為節目的製作做準備。

作為整件事的幕後黑手，楊力奇對這一切感到非常滿意——四個青少年的行為都正合他意，而發射太空船一事也在網上鬧得沸沸揚揚，間接為他們馬上就要推出的節目作免費宣傳。

這幾個星期惟一讓他操心的，倒是如何説服四個小孩子的父母參與到這個大騙局中。

對他來說，周傲雲的父母問題不大，周爸爸對這件事可是百分之二百地支持，甚至為了避免周傲雲得悉真相，而暫時將整個騙局向周媽媽隱瞞；而佘曉雪的父母呢，也挺好相議的，特別是曉雪本人也同意參與到騙局中做「卧底」，所以只要楊力奇能保證他們女兒的安全，他們就一切好說。

至於鄧雨嵐的父母就比較麻煩了，特別是他們早就替雨嵐安排了各種的暑假補習、興趣班，不願意讓她缺席；但當楊力奇不斷向他們保證，一旦這個真人秀播出，他們的女兒的名字就會眾人皆知時，他們就改變了主意。畢竟，他們之所以要求雨嵐去補習，也是想她有朝能名成利就。

另一方面，謝樂文的父母呢……楊力奇還記得他和樂文父親在電話中的對話。

「……謝先生，事情就是這樣，請你們允許你的兒子參與我們的真人秀。」

「絕對沒有任何商量的餘地！」謝爸爸斬釘截鐵地說，「我可不會將自己的兒子置於一個騙局之中。」

「但是謝先生……」

「不用說了！雖然我有九個孩子，但我對他們每個都關懷備至，絕不會做出任何可能會傷害他們弱小心靈的事……」

「我會給你兒子每天五百元作為報酬。」楊力奇這時說。

「一千元。」謝爸爸語氣一轉。

「七百五。」楊力奇討價還價道。

「**成交！**」

就是這樣，楊力奇便終於把最後的一道障礙消除了。

在計劃即將開始前的這一刻，楊力奇看着四周的一切，不禁沾沾自喜起來。當然他想也沒想到，這件事竟然會如此順利呢！此刻，第一集節目已經剪輯完畢，即將在網絡上發布，而在戈壁沙漠所搭建的「火星基地」也完工了，當飛船正式「升空」後，就會立即被裝上貨櫃車，長途跋涉運到內蒙古的戈壁沙漠去，進行「降落程序」。

一切都在有條不紊地進行着，一切都盡在他的掌握之中。

「老實說，我不知道這樣做對不對。」這時一直沉默不語的張易賢說。

楊力奇表情古怪地望向他：「你這是什麼意思？」

張易賢歎了一口氣。

「之前我一直都沒細想，但在昨晚，一個最重要的問題卻在我心裏蹦了出來——我們為了賺錢，通過這個網絡真人秀節目，將四個青少年的理想和希望玩弄在股掌之上，這樣做合適嗎？」

楊力奇聽了，一時之間也答不出話來。

「老實說，這個問題早在我們着手製作真人秀之前，就應該考慮好，而不是到了現在才想，」張易賢繼續道，「但我左想右想，都覺得這對四個孩子不公平。」

「但是在這整件事之中，每個人都得到他們要的東西啊！誰也沒有損失什麼，所以就算是個騙局，又有什麼問題呢？」楊力奇對他說，同時也是在說服着自己。

從另一個方面想，他倒是沒錯。

張易賢希望拍一套受歡迎的電視劇，雖然最後這節目變成了真人秀，他的劇本也完全變了樣，但只要這節目成功，那又有什麼關係呢？

周傲雲希望成為太空人，上太空執行任務，雖然他即將經歷的都只是人為造出來的幻覺，眾人皆醒他獨醉，但是既然他的夢想本身就是虛無縹緲的，這不是比什麼都沒有發生強得多嗎？

佘曉雪對自己的朋友非常忠心，永遠都給予他們支持與鼓勵，雖然現在她要昧着良心欺騙自己的死黨，但她真心相信這樣做是為了對方的利益，自然也可以心安理得了。

鄧雨嵐雖然和傲雲一樣被蒙在鼓裏，而且對當太空人並不像後者那麼熱衷，但是現在她可以逃脫天天去補習班的命運，總算可以擁有一個屬於她自己的暑假，又何樂而不為？

而謝樂文的想法就更簡單了，他只想可以躲開家遠遠的——和他其餘八個兄弟姐妹一起生活可不是什麼輕鬆的事，別說火星了，天狼星他也願意去。

最後，來自全世界的觀眾們，都可以從這齣真人秀之中得到娛樂……

「在這場騙局中，一個輸家也沒有，不是嗎？」

張易賢聽了，搖了搖頭。

他說：「但你忽略了一個事實：那就是歸根究柢，這個真人秀節目，是以取笑別人的遭遇為目的，以嘲弄別人的理想為樂。想想就知道，一旦周傲雲知道自己從來都未曾當過、也沒有資格成為真正的太空人時，會有多沮喪了，難道這是用一句『這只是個玩笑而已啊』就可以補救的嗎？」

的確如此，楊力奇心想。不過楊力奇沒有讓自己繼續想下去。

「不要擔心啦，別想得這麼嚴重，」他笑着拍了拍張易賢的肩膊，「他們都不過是小孩子啊，小孩子有哪一個的夢想沒被殘酷的現實碾碎過？他們受得了的。我說，你還是專注於節目的製作吧。」

張易賢露出沒有被說服的樣子，但他知道事到如今，一切都是箭在弦上的事了，不可能說停就停，於是只好默默地回到自己的崗位上。

楊力奇目不轉睛地望着熒光幕中的真人秀主角們，似乎有點兒動搖，但他隨即就將所有懷疑的念頭拋到腦後。

只見他接着打開咪高峯，向飛船內的四人宣布道：「發射前準備，離發射還有3分鐘。」

好戲即將上演。

2

（影片開始播放）

「我的夢想就是要做太空人。」畫面上的周傲雲面向鏡頭說。

一把旁白聲傳來：「十五歲的周傲雲是個普通的中學生，但他擁有一個並不普通的夢想。」

周傲雲繼續道：「我只想有朝一天可以望向夜空，指向一顆星星，然後說，我曾經到過那兒去。」

「而如今，他的願望終於可以實現了。」旁白說。

緊接着畫面跳轉到四個青少年太空人接受特訓的各種情景。

「經過三個星期的特訓後，周傲雲和他的朋友，佘曉雪、鄧雨嵐和謝樂文，即將一起坐上『夢想號』號飛船，踏上前往火星的漫漫長路。」

然後畫面一個切換，只見四人已經身穿太空服，以慢動作緩緩面向鏡頭走來；五個斗大的字「火星自由行」從畫面下方升起，停在畫面中央。

「在夢想的征途上，到底會發生什麼事呢？他們能不能克服困難，安全地抵達目的地呢？在危機處處的火星上，有什麼挑戰在等着他們呢……」只聽見旁白聲話音一轉，「而最重要的是，他們什麼時候才會發現，這一切都是個精心策劃的騙局呢？廣告後請繼續收看精彩的網絡真人秀《火星自由行》第二集！」

（廣告略）

「歡迎回來！」旁白又繼續道，「上集講到周傲雲和朋友們一起通過了太空人面試，並接受了各種各樣的訓練，正式坐上『夢想號』飛船，開始進行飛往火星的任務。當然了，他們實際上處於一架移動中的貨櫃車中，並一直由我們的節目團隊監視着。」

影片畫面顯示着太空船的內部，四名青少年在太空船起飛後的最初階段，一直都保持着沉默，期間，太空船一直在左右搖晃着。

「到底還要晃多久啊？」這時鄧雨嵐抗議道，「我想補妝。」

「我的屁股好癢，但隔着太空服我該怎麼撓啊？！」謝樂文則說。

只聽見現場傳來重重的歎氣聲，明顯是由周傲雲發出的。

旁白說：「四名青少年雖然是一個團隊，但暗地裏卻各懷鬼胎，完全是一盤散沙。」

「我們已經離開地球大氣層。」楊力奇的聲音從揚聲器中傳出，飛船也隨即停止了晃動。

接着飛船內的畫面被調整成十倍速，迅速快進到一小時後。

同時旁白道：「飛船起飛後的最初一個小時裏，一切都非常平靜，四名太空人都只是在談論無關緊要的事。但這樣的平靜並沒有維持多久，我們的製作團已經準備好為他們安排了一場『小考驗』。」

「太空控制中心呼叫夢想號，」楊力奇宣布道，「請注意，根據我們的計算，你們的航道即將會通過一條小行星帶，會有撞上殞石的危險，請由隊長決定到底是繼續前進、還是繞開小行星帶——但繞開的話，你們的旅途就會多花幾個小時。」

「繼續前進！叫小行星即管放馬過來，看看到底我的膽子大還是小行星大！」儘管隔着太空服的面罩，大家還是能清楚看見周傲雲那信心滿滿的樣子。

這時佘曉雪望向他，勸說道：「這個，雖然我們不可能真的被殞石砸中……我是指可能性不大，但是傲雲你應該為其他隊員的安全着想一下。不如讓我們聽聽他們的意見吧？」

她說着轉頭望看身後的兩名隊員：「你們怎麼看？」

「嗯？什麼？我完全沒聽你們在談什麼。」鄧雨嵐仍然在補着妝，她可是在一個小時之前開始一直補到現在，從沒停過。

「差一點……就可以……撓到……」至於謝樂文呢，則在努力地用戴着厚厚太空服手套的手撓着屁股。

看見兩人完全不在狀態的模樣，曉雪也只好決定放棄了。

「唉，算了。就按隊長你的意思辦吧。」她說。

這時旁白提醒觀眾們道：「我們在上集已經提到過，佘曉雪是我們安排在太空人之中的『卧底』，她的職責是保證其餘的人不會對騙局產生懷疑，同時也嘗試引導眾人做出正確的決定。當然了，有周傲雲這樣的冒牌貨太空人在，她的努力恐怕都會以失敗告終。」

接着影片又開始快進起來。

「當然，這場考驗尚未結束，在十分鐘的平安無事後，我們隨即將考驗升級。」旁白解釋道。

鏡頭轉向飛船之外，我們看見一名職員在飛船外點燃一枚炮仗，然後在炮仗「砰」一地爆炸的同時，猛地踢了飛船一腳。

此時在飛船內部，伴隨着劇烈的震動和巨大的爆炸聲，尖銳的警報立即在船艙內迴聲地來。

「怎麼……什麼事？外星人襲擊？！」樂文嚇了一大跳。

楊力奇的喊叫聲傳來：「呼叫夢想號，由於你們闖進了小行星帶中，剛才有一顆小型殞石撞上了船身。」

「任務專家，立即匯報飛船損毀狀況！」周傲雲大聲喊道。

可是等了好一會，雨嵐都沒有回答他。

周傲雲回過頭去。

「喂你還在那兒塗什麼指甲油啊？」他氣沖沖地說。

「嗯？」雨嵐這才抬起頭來，「噢，這兒有個紅燈在閃啊閃的，下面寫着『五號引擎』，應該就是砸中了這兒吧，我猜。」

「注意！由於五號引擎失效，飛船正在偏離現有航道，」楊力奇透過通訊器匯報道，「根據計算，你們在三分鐘後就會撞上一塊巴士般大的殞石，一旦碰上，後果不堪設想，需要立即進行迴避！」

周傲雲忙問：「但是我們應該怎麼做？」

「在船艙右側有一塊控制面板，寫着『引擎斷路器』，你必須命令飛船的飛行工程師揭開面板，用扳手將裏面的斷路開關拔回正確的位置。」

「那我立即叫他去辦……」

「等等，但這兒有個問題，」楊力奇裝出嚴肅的語氣說，「面板裏布滿了橫七豎八的電線，而且都通上了高壓電，用板手撥開關的時候稍有差池，就會被電死！現在，隊長你必須決定，到底將這工作交給工程師，還是由你自己以身犯險。」

旁白這時插了進來：「我們製造這個虛構的危機，目的是測試團隊的隊長有沒有自我犧牲的精神，但想不到……」

「當然是由工程師去做啦，」周傲雲理直氣壯地說，「他這麼沒用，電死了也不會對任務有什麼影響。」

曉雪聽了連忙說：「隊長，話可不能這樣說。」

「不是啦，他說得挺有道理的。」雨嵐一副置身事外的模樣。

而讓曉雪啼笑皆非的是，只見謝樂文聽了後，竟也點頭表示同意。

只見謝樂文隨即拿起板手，揭開控制面板，正打算把板手伸進去撥開關呢……

這時，出乎所有人的意料之外，一隻「偷渡」上太空船的蟑螂，從控制面板中跳了出來。

「**啊蟑螂！蟑螂啊！**」樂文隨即驚叫起來，本能地掄起板手向這隻小型怪物砸去。

當然了，那蟑螂可不會停在原地由他砸，輕輕一跳就飛到了樂文面前的控制面板上。

「**啊啊啊啊！！！**」只見樂文歇斯底里地轉換了目標，用板手重重地砸向控制面板，一時間火花飛濺、碎片亂飛。

其餘三人（包括飛船外的整個拍攝團隊）此刻只能驚惶地僵在原地，直直盯着這個瘋狂的孩子，一動也不敢動。

不過樂文的準頭也太差了，砸了好幾十下，那隻蟑螂仍然是毫髮無損，慢悠悠地從一個控制面板跳到另一個控制面板，而謝樂文也當然是一路順着砸下去——小蟑螂經過之處，沒有一個地方是完整無缺的。

整整一分鐘之後，當謝樂文終於耗盡所有力氣，將板手掉到地上時，飛船內一半的控制系統基本上已經變成了一堆廢鐵，電子零件碎片遍布地面。而更匪夷所思的是，在經歷這麼多動靜後，那隻蟑螂仍是一條觸鬚也沒有少，此刻正不緊不慢地爬啊爬，轉眼就鑽進太空艙的門縫，離開了現場。

「恭喜它成為史上第一隻太空蟑螂。」只見鄧雨嵐拋下這麼一句後，便繼續塗着自己的手指甲。

「夢想號呼叫太空控制中心，我們遇上麻煩了。」周傲雲一臉難以置信地匯報道。奇跡般地，飛船的通訊裝置竟然毫髮無損。

「這個，我不知道該怎麼解釋，」他邊說邊將殺人般的銳利眼神向樂文拋去，「我們的工程師他……用板手砸爛了一半以上的控制面板。」

鏡頭轉到了飛船之外，只見在驚魂未定的工作人員們之中，楊力奇倒是一副自得其樂的樣子，正在努力地強忍着笑呢。

「好了沒關係，」他竭力讓自己的語氣保持正常，「似乎……呃，飛船的引擎功能經他那麼一砸，便回復正常了。雖然那些控制面板都不能用，但幸好飛船的自動駕駛系統仍然完整無缺，所以……嗯，既然危機已經解除，你們現在可以好好休息一下，等待降落火星了。」

聽見楊力奇的話後，飛船內的四人便回到了自己的崗位上，但好一會兒沒有一個人敢說話。

「其實……」謝樂文舉起手正想說什麼呢，傲雲便立即阻止了他。

「你給我好好坐在原位不要動，什麼都不要碰，一句話也不要說。」他命令道。

「但我想去廁……」

「**一句話也不要說。**」

「哦。」

這時旁白聲響起：「我們的四位青少年太空人還未到達火星，便已經弄出了不少鬧劇，他們接下來的旅程到底會是怎麼樣的呢？到底他們能不能順利完成他們的太空探索任務呢？敬請期待我們下一集的──《火星自由行》。」

（影片結束）

3

一如楊力奇所料，《火星自由行》剛播出，幾乎立即就成為了全城熱話。開始時看起來充滿爭議、讓人半信半疑的載人火星任務，突然來了個一百八十度的大轉變，變身成為滑稽的整人網絡節目，這樣富有戲劇性的事，本身就已經足以成為人們茶餘飯後的話題了。更何況周傲雲四人在節目中充分發揮了自己的「長處」，表現能多丟人現眼就有多丟人現眼，讓人忍俊不禁，試問節目又怎麼可能不受歡迎呢？

在短短的兩天內，《火星自由行》的第一、二集就已經有數百萬的點擊率，並被紛紛轉載到各大討論區和社交網站。周傲雲他們四人的名字隨即變得家傳戶曉，甚至出現了各自的「粉絲團」、「劇迷會」。

其中首當其衝最受歡迎的「角色」，自然就是周傲雲了，他那副立志要成為太空英雄、卻又明顯不自量力的傻樣子，可是喜劇效果十足。特別是他那句「看看到底我的膽子大還是小行星大」，剛一出口，就已經成了人們爭相模仿嘲弄的「金句」。一時間無數的改篇版本在網上出現，例如：「看看到底我的鼻子硬還是人家的拳頭硬」、「看看到底我的膀胱大還是公廁遠」、「看看到底我的命長還是供樓年期長」，諸如此類……

而第二受歡迎的則是謝樂文，他那「要不不幫忙，要不幫倒忙」的性格，很自然地成為眾人挖苦的對象。尤其是他大戰太空蟑螂十二回合的橋段，為他取得了「再世后羿」的稱號，當然這不是在稱讚他，而是諷刺他奇差的眼界，差不多拆了整艘飛船都消滅不了區區一隻蟑螂。

至於鄧雨嵐的受歡迎程度也不遑多樣，大家都稱她為「不動如山公主」，意思是天塌下來也無動於衷，恐怕一個原子彈在她面前爆炸，她也會聳聳肩，然後繼續塗自己的手指甲去。

另一方面，佘曉雪由於是四人中最「正常」的一個，倒是沒有受多少人關注。當然啦，這對她來說，反而是件再好不過的事。

「成為網絡紅人」這種遭遇，差不多一半情況下只會讓你臭名昭着，好一陣子都會成為別人的笑柄——不過，按照《火星自由行》此刻的瘋行程度，恐怕對周傲雲他們來説，這估計不會僅僅是「一陣子」的事……

正當周傲雲四人的太空船即將運抵戈壁沙漠的同時，周爸爸安坐於家中的電腦前，一遍又一遍地觀看着《火星自由行》的節目片段。

「**哈哈哈哈！**」他邊看邊笑得前仰後合，特別是每次看到自己兒子出場時，他都會笑得幾乎連眼淚都流出來。

「老婆，老婆你快來看呀，」他轉頭對周媽媽說，「這簡直是令人噴飯，你不看就可惜啦。」

只見周媽媽坐在沙發上看着書，裝作什麼都沒聽見似的，沒有理他。周爸爸察覺到氣氛不太對，便把播放中的影片停下來，轉身面向她。

「好了，老婆啊，」他苦笑着說，「我知道你還在生我的氣，怪我為什麼不事先告訴你這是個真人秀。但我怕你知道真相後，會忍不住告訴傲雲，所以也就只好先瞞着你了。」

周媽媽給了他一個白眼。

「我不是在生氣這一點。」她皺着眉頭說，「我是在生氣你，竟然肯任由你的親生兒子墮入整人節目的騙局中，現在他成了其他人眼中的笑話，你還在幸災樂禍。」

「哎呀，你把這一切都看得太嚴重啦。」周爸爸有點兒委屈地說，「過分點講一句，我們的兒子是個死腦筋，一心想當個什麼太空人，教也教不聽、罵也罵不聽，如今受到教訓，我覺得是他自作自受呢。」

周媽媽長長地歎了一口氣，放下手中的書。

她說：「你不明白，孩子有屬於自己的夢想，是一件好事，而孩子肯去堅持自己的信念，也是一件好事。當然，如果他們的夢想不現實，以致他們浪費大量的時間去追尋，最後卻徒勞無功，這時就應該循循善誘，引導他們回到更適合自己的目標上去。但是，現在你將他的夢想攤出來讓別人取笑，不是在把事情弄得更糟嗎？」

「我只是覺得他都這麼大了，竟然還在痴心妄想，很可笑而已……」

「其實，老公，你年輕時不也是一樣堅持自己的夢想嗎？」周媽媽語重心長地說。

這麼一句簡單的話，卻直直說進了周爸爸的心坎裏。

「那個……不要再提啦，那都是十多年之前的事了。」

「不，這不能不提。我猜，你之所以對傲雲的夢想那麼反感，很大程度上也是因為你自己的個人經歷呢，你在他身上看見了自己的影子，對不對？」

這讓周爸爸陷入了沉思之中。

自小，周爸爸一直都對業餘無線電有極大興趣，從讀中學的年紀開始，就已經擁有屬於自己的業餘無線電，並取得了相應的執照。十幾年來，他都一直通過高頻短波訊號，在 14.351 這個頻道上和世界各地的業餘無線電愛好者交流，甚至還會一起主持屬於自己的節目呢。

但周爸爸對無線電的興趣並不僅止於此，他還有一個夢想：就是成立屬於自己的商營電台，製作自己感興趣的電台節目，並親自當主持，和聽眾們交流觀點，向整個世界表達自己的想法……

「那完全是兩回事好不好，」周爸爸想到這兒，便爭辯道，「我之所以放棄我的夢想，並不是因為這夢想不現實，而是因為傲雲出世後，我要努力攢錢養家，所以才沒時間……」

「才怪，你自己心裏清楚，親手創立一間商營電台，那困難程度，和去當太空人差不了多遠。」周媽媽回想起來，「當年你也很有恆心，招攬各路同好，又去申請牌照，又去借錢，但結果都是無疾而終。」

當年周爸爸四處奔波籌組電台，既花錢又浪費時間，但一直都毫無進展，期間他甚至還一度想辭去正職，全副心思放在實現自己的夢想上呢。不過就在他舉棋不定的時候，他的兒子傲雲出世了——這讓周爸爸不得不停下來衡量得失，並意識到要獨自創立商營電台的主意是多麼天馬行空、難以實現，所以便決定以家庭為重，將自己的夢想放到一邊去。

周媽媽繼續說：「當時我可沒有取笑或者奚落你啊，給你的淨是鼓勵和支持，並讓你自己作出放棄夢想的決定。當然啦，如果當年你準備為這個夢想而傾家蕩產，我可不會袖手旁觀，但也只是會嘗試用道理來說服你，而不是像你現在這樣，將傲雲成當成小丑般看待。」

周爸爸低下頭去，好一會都沒有吭聲。

或許自己是過分了點兒。他想道。

不過想着想着，傲雲不久前的話卻從他的腦袋中鑽了出來。

「對對，就應該學你這樣，大學畢業後做個打工仔文員，一直做到退休，就最棒不過了。」

這又讓周爸爸不禁生起了悶氣。

只見他揮了揮手，不置可否地對周媽媽說：「哎，你別說了，這小子是自告奮勇去當小丑的，我純粹是幫他一把而已。好啦，我至多不再看這節目啦，你也可以眼不見為淨，滿意了沒。」

「好好好，隨便你。」周媽媽看說服不了周爸爸，便繼續看自己的書去了。

4

時間：二零一七年八月二日早上九時五十分
地點：火星大氣層外
任務狀態：太空船發射後二十四小時，降落前十分鐘

「『夢想號』船長日誌，」周傲雲說，「自古以來，孤獨的人們望向浩瀚的太空，

希望有朝能衝出小小的藍色地球，探索那些人類未知的事物；儘管地球外空間廣闊無邊，但人類的好奇心卻能超越空間、超越時間，在宇宙中留下比星星還耀眼的光芒。今天，我們經過無比艱苦的考驗，終於來到火星的上空，勝利的滋味，是甜的，但這，並非旅途的結束，而是新一輪冒險的開始……」

這時謝樂文偷偷問雨嵐：「他到底在和誰說話？」

「反正別理他，不要和他有任何眼神接觸。」雨嵐說。

看見他們即將到達目的地，周傲雲已經將之前發生在太空船裏的鬧劇統統拋到腦後，高興得自言自語起來。

「大家好，」這時，楊力奇的聲音從揚聲器中傳了出來，「你們的飛船尚有十分鐘就會降落火星。開始降落程序。」

「太好了！我終於可以上廁所了。我快忍不住了……」謝樂文一副即將解脫的樣子。

「我們飛船外的攝影機正在捕捉火星的影像。」楊力奇又補充，「估計大家也有興趣想看看吧。」

此刻，熒光幕上突然出現了火星的影像，只見它是鐵紅色的，到處滿布着凹凹凸凸的山丘、深谷、荒漠和高原，遠遠看上去就像一顆圓圓的瑪瑙石。

「嘩，火星原來這麼漂亮。」佘曉雪讚歎着說。她當然知道，熒光幕上影像並不是由太空船的攝影機所拍攝的，而只是用來哄騙飛船上其餘三人的錄像，但第一次看見如此漂亮的火星畫面，曉雪仍然感到非常新奇。

「不就是一個大泥球而已嘛。」雨嵐不太感興趣地說。

只見熒光幕上的火星越來越大、越來越清晰。

隨着他們開始進入大氣層，船身又開始劇烈地搖晃起來……當然了，實際上這只是幾個彪形大漢在用力搖晃被機械吊臂吊着的太空船。

在「現實世界」中，太空船和拍攝團隊已經被成功地運到了戈壁沙漠的邊沿地區。這兒離最近的城市不過幾分鐘的車程，不算偏僻，但由於城市景觀被一座大沙丘所阻擋，完全看不見蹤影，而沙丘另一邊的方向則是一望無際的沙漠，乍看起來，他們就彷彿位於「火星」沙漠的正中央一樣。

此刻，楊力奇和張易賢正撐着傘、喝着可樂，監督着一架吊臂車緩緩地將太空船從貨櫃車上吊到地面。

突然，出乎兩人的意料之外，吊臂上的一條鐵鏈「砰」的一聲斷開，太空船隨即傾斜起來，「轟」地一聲橫躺在沙地上，嚇得周圍的工作人員爭相走避，幸好沒有壓中任何人。

「**啊！這下糟了！**」張易賢喊道。

不過楊力奇倒是一臉鎮定，說：「沒事沒事，就是『降落』時發生了一點兒顛簸而已，沒什麼大不了的。」

但在太空船中的四個人可不這麼想。只見他們橫七竪八地躺在船艙內四周，有的捂着頭、有的捂着腰、有的捂着屁股。

「好痛。」曉雪小聲抗議道，「楊力奇那傢伙怎麼搞的？」

「我沒事，大家不用擔心我。」傲雲站起來，拍拍自己的太空服。

「我想我可能要換條褲子。」謝樂文則說。

「嘔，麻煩你離我遠一點。」雨嵐連忙後退兩步。

「不好意思，嗯我們的自動降落系統出現了一點小故障，」這時楊力奇的聲音傳來，「不過放心吧，飛船似乎沒有受到損毀，待你們回地球時，只需要將它推回起飛時的角度就好了。」

「好啦，我們先離開飛船再說吧。」周傲雲說着想打開艙門。

「等等！」楊力奇連忙阻止道，「請先等我們離開……呃，我是指先讓我們啟動掃描程序，看看四周有沒有危險。」

在現實中，他其實是在不斷用手勢催促工作人員們上車，儘快離開現場。當他們終於乘車至離開四人視線足夠遠的地方時，他才道：「好了，四周一切正常，你們可以離開飛船啦。」

周傲雲按着他的指示打開艙門——不過由於飛船正橫躺在地上、肚子朝天，所以他們必須手腳並用，才能爬出飛船外。

周傲雲率先鑽出半個身去，望着荒無人跡的茫茫沙漠，感歎起來。

「啊，好不容易，經歷了千辛萬苦，我們終於征服這個人類從未踏足過的世界，」他説着爬出船外，醞釀好情緒，準備踏上地面，「這是全人類的一小步，卻是我個人的一大步……」

「好了，麻煩你借過一點兒，」他身後的雨嵐冷冷地説，「要不就快點唸完你的感想，我可不想繼續待在飛船這兒——裏面的氣味糟透了。」

「不好意思。」身處船艙內的謝樂文這時道歉道。

於是他們依次離開飛船，往視線內惟一的建築物——火星基地走去。

「嗯，這似乎就是我們在火星的基地了。」周傲雲把「基地」從頭打量到尾，「怎麼看起來像個爛貨櫃箱。」

傲雲的想法可一點都沒錯，這個所謂的火星基地，實際上就是由幾個廢棄的貨櫃箱所改裝而成的——沒辦法，楊力奇公司的資金都花在影片剪接和宣傳上了，其餘的布景和道具只能可省則省。

「我想這樣的設計才最適應火星的環境吧。」佘曉雪馬上解釋道，「呃，既可以散熱、又可以阻擋殞石，一定是這樣。」

看見周傲雲一臉同意的樣子，曉雪這才放下了心來。沒想到她轉過頭去，卻驚訝地看見，鄧雨嵐竟然在用自己的手提電話在自拍。

「笑一笑！」只見雨嵐在鏡頭前擺出各種可愛的手勢。

這下可不得了了！曉雪心想。為什麼她會偷偷把電話帶上？如果讓她通過電話聯絡到外面的世界，這一切就要露出馬腳啦！

想着她立即跑到雨嵐面前，一把將她的手提電話搶過去。

「喂！你怎麼……快把電話還給我！」雨嵐看自己的電話被奪，氣得滿臉通紅，連忙追了上去。

不過由於兩人都身穿厚重的太空服，這場追逐看起來就像以慢動作播放一樣。

「對不起，」曉雪邊跑邊解釋道，「但是他們說過，我們不能攜帶任何私人電子物品來火星。」

「**你給我停下！**」雨嵐的表情彷彿要殺人似的，對於她來說，自己的手提電話就像是命根子一般，「我帶電子物品來又犯着誰了？」

「呃，它發出的訊號可能會影響飛船和基地的高科技精密儀器！萬一把那些儀器弄壞，我們可就麻煩啦，說不定會永遠被困在這個星球上呢！」

「我不理！我不理！」

周傲雲和謝樂文看着兩人一追一躲，一會兒以「之」字型的路線奔跑，一會兒繞着大石頭繞圈子，也不知道應不應該干涉，只好任得他們去了。到了最後，曉雪的體力還是稍勝一籌，遠遠拋離了鄧雨嵐。

「你……給我……記着！」雨嵐喘着粗氣，向曉雪揮着拳頭。

「放心，當火星之旅完畢後，我就會把它還給你。」曉雪說着把手提電話的電源關上，藏到自己太空服的儲物層裏。

差點就穿幫了，希望別再發生這種事，她心想。

這時謝樂文指向天上。

「你看！是外星人飛船！」他表情誇張地說。

曉雪往天空看去，竟見一架銀色的客機飛過。

「是……飛機？」周傲雲一臉錯諤，「火星上怎麼會有飛機飛過？」

「這呃，這是，」這下曉雪可汗流滿臉了，「這不是飛機，也不是外星飛船，這只是火星的衞星，火星的衞星是架飛機的形狀，這是眾所周知的事實呢！」

「飛機形狀……的衞星？」周傲雲難以置信地說。

「是。」曉雪作狀地笑道，又補了一句，「你不是不知道吧？」

周傲雲眨了眨眼睛。

「哈，我當然知道。」他露出自信的模樣，自以為是地說，「我怎可能不知道，哈哈。」

曉雪這下終於鬆了一口氣。真的好險，她想道。

「好了，好了，我們去看看基地裏的設施吧。」周傲雲把注意力轉向了基地。

他帶着三人來到火星基地前，拉開大門，進入了基地的內部。

基地內的設施倒是沒有外表看起來那麼簡陋，看起來就像是個縮小版的度假營，有分別給男生和女生就寢的房間，而廚房、廁所和浴室也一應俱全。

周傲雲打量了基地內的設施一圈後，滿意地說：「作為火星上第一棟建築，看起來還挺不錯呢。在不久的將來，這基地就會發展成定居點、定居點又會發展成城市、城市又會發展成國家……由於我們是第一批拓荒者，我們有命名這個國家的權利！在此我決定將這個國家命名為──傲雲合眾國！」

不過在場沒有人理會他。

這時樂文走到基地的某個角落。

「咦？這間小房間是用來做什麼用的？」他慢慢推開一扇門。

「樂文……謝樂文……」只聽見黑暗的房間裏傳來一把斷斷續續的聲音。

「這……這是誰在說話？」樂文聽見對方在呼喚自己的名字，嚇了一大跳，「是天狼星人？」

「沒錯，這是天狼星人在說話。」聲音答道。

「真的？」

「當然不是真的，笨蛋，這是控制中心啦。」聲音原來來自房間中央的一部對講機，「你現在身處基地的儲物室，麻煩叫你們隊長來。」

「我在這兒。」周傲雲聞聲而來，曉雪和雨嵐也隨後趕到了。

「從現在開始，我們就通過這對講機互相聯絡。」楊力奇解釋道，「你們應該已經簡單地參觀過太空基地的設施，從今天起的一個月內，這就是你們的家了。」

當然，他並沒有提到的是，和太空船一樣，在基地的每一個角落都裝有隱藏式攝影機，無時無刻都在觀察四人的一舉一動。

楊力奇繼續道：「在廚房裏有足夠你們四人用上一個月的食物和食水，而基地裏也有空氣循環系統不斷製造氧氣，所以在基地裏不用穿上太空服——但在基地之外，絕對不能把太空服脱下，不然你們就會一命嗚呼，知道了沒？」

「嗯？」雨嵐正在看着不知從哪兒找來的漫畫，一副漫不經心的樣子。

「知道什麼？」謝樂文則說，無論對他說什麼，他都是左耳入右耳出的。

「明白了，」周傲雲則道，「有我這個天資聰穎的隊長在，你們大可以放心！」
「你們在飛船上呆了那麼久，今天就好好休息一下吧，什麼都不用做，我們明天再聯絡。」
楊力奇説畢，對講機便陷入了沉默。
「好了，大家都聽見控制中心怎麼説了，」周傲雲轉向自己的隊員，拍了拍手，「我們必須為接下來的任務做好100%準備！」
「呃，他好像不是這麼説的……」佘曉雪抗議的聲音細小得幾乎聽不起。
只見傲雲自顧自分配着任務，説：「任務專家，你去把我們所有食物都清點一下，一顆鹽也不能少數，然後給我列一張詳細的清單；工程師，你去用板手把基地所有看得見的螺絲都擰緊一遍，以確保它可以應付火星的任何天氣狀況；副隊長，你則負責監視他們兩人工作，如果有任何人偷懶就罰他們到牆角罰站五分鐘！現在大家開始工作，GoGoGo！」
「那麼你又負責幹什麼？」雨嵐叉着腰問。

「我當然是負責撰寫返回地球時的任務感言啊，人們得知道我這個隊長當得有多棒呢。」周傲雲驕傲地說，「現在快去幹活！」

眼見雨嵐和樂文一臉不滿地離開，佘曉雪有點猶豫地說：「傲雲，雖然這個任務很重要，不過有時候你也得放鬆點嘛，你似乎把這一切都看得太認真了。」

「這可是我自小的夢想啊，我又怎麼可能不認真？」傲雲理所當然地說，接着他語氣一沉，「我只是想順順利利地完成這個火星任務，給大家一個滿分的成績表，讓爸爸不再小看我而已。你會全力支持我的吧，對不對？」

曉雪看見他這樣子，只好微笑着點了點頭。

她可不忍心告訴他：無論接下來發生什麼，估計很難可以用「順利」來形容……

第四章　冒險

1

夜幕降臨，沙漠的氣溫迅速下降到零度以下。就在「太空基地」數公里外的一間小木屋裏，楊力奇和張易賢一邊吃着熱騰騰的即食麪，一邊通過監視設備看着周傲雲四人在基地裏團團亂轉，忙得像螞蟻一樣。

他們所在的小木屋孤零零地座落在沙漠中央。這兒之前曾是一個醫療急救站，專門用來幫助在沙漠裏遇上困難的旅行者，不久前才因為太殘破而被丟空，裏面還留有一些緊急物資，例如短波無線電、急救箱、打火機、電筒、麻繩等等，還有一個真人大小的人體骨骼模型呢；這些雜七夾八的東西，和兩人從倉庫裏帶來的道具和戲服一起，統統被擺放在木屋的角落裏。不過這兒惟一對楊力奇有用的，就是擺放在屋子外的柴油發電機了，發電機功率雖然有點不足，但屋子裏還有一架人力發電自行車，可以用作緊急發電呢。

為了節省金錢，拍攝團隊的其他工作人員都已經離開了，只剩下楊力奇和張易賢兩人。他們一邊通過業餘無線電扮演控制中心的角色，一邊將監視片段裏最精彩的部分挑選出來，然後透過網絡傳回給其餘的人進行後期製作。

此刻「太空基地」那邊，周傲雲他們四人很快就忙得累了，紛紛回自己的房間睡覺，熒光幕上接着一點事也沒有發生。這時，楊力奇的手提電話發出一聲提示，他拿起來看了看，便歡呼起來。

「哈哈，《火星自由行》的頭兩集，點擊率已經破千萬了，老兄，我們下半輩子都不用愁啦，一切都進行得很順利呢。」楊力奇笑嘻嘻地說，望向身邊的張易賢，只見對方還是一副苦瓜臉，便翻了翻眼睛。

「是啦是啦，我們沒錯是在騙幾個天真無邪的小孩子，但騙他們又怎麼樣啦？我們不是每年都騙自己的孩子，說如果他們放乖一點的話，聖誕老人才會送禮物給他們嗎？和現在相比又有哪兒不同了？」

張易賢聳了聳肩，也不打算和他爭辯，反正說了也不會改變什麼。

「明天我們怎麼安排？」楊力奇又問道。

張易賢這時拿出他的劇本，翻到其中一頁。

「根據我的劇本，在他們開始工作的第一天，太空基地不遠處的太陽能電池板將會失靈，必須派出隊長和工程師去修理，但是……」他說着刻意頓了一頓，以營造戲劇效果，「在修理途中工程師的氧氣系統出現了毀滅性的失靈，隨着氧氣一分一秒地減少，他的性命危在旦夕。就在這時，我們的隊長英勇地把自己的氧氣系統接到工程師的太空服上，和他一起分享氧氣，終於趕在氧氣耗盡之前，安全地返回基地。」

「漂亮，這下我們又有好戲看啦，」楊力奇一邊笑着一邊搓着手，「以那周傲雲之前的『卓越』表現來看，他只會關心自己的任務，哪會關心那個謝樂文呢？當然了，就算傲雲不盡力去救他，也不用怕會穿崩，我們只要說那個氧氣系統突然回復正常就好了。但如此下去，這兩個人之間就會出現嫌隙，也就會出現越來越多的衝突，節目也就會更有戲劇性！真是太好了！」

「**夠了！**」

突然張易賢站了起來，一臉慍怒地望着自己的合夥人，說：「我決定退出這個節目，我不管我可以從這個節目中賺取多少錢，我再也不想再和你同流合污了。」

「喂喂，別這個樣子啊，」楊力奇忙對他好言相勸，「我們又不是去偷去搶，就是作弄一下幾個小孩子而已啊。」

張易賢搖了搖頭，正言厲色地說：「你利用這幾個小孩子的夢想來賺錢，那也算了，現在你還刻意在他們之間製造衝突、挑撥離間，那就實在太過分啦。你不用說了，我去意已決。」

他邊說邊收拾行李，順手把劇本塞到了背囊中，準備離開。

「等等，你走也可以，但麻煩把你的劇本留下來。」楊力奇見無法阻止他離開，便嚷道，「沒有劇本，我又怎麼替接下來的節目安排情節？」

「這就不關我的事了，」張易賢對他的話嗤之以鼻，「這劇本是由我寫的，版權在我手上，不給你就是不給你，剩下來的情節，你自己去想。」

說着，張易賢背起行李，踹開小木屋的門，便頭也不回地離開了。

楊力奇想着不服氣，便氣沖沖地對張易賢的背影喊道：「好！你即管走！當我因為這個節目而名成利就時，你可不要爬回來求我，我到時可是一毛錢也不會分給你！你要我自己想情節對不對？好！我一定能想出些比你的臭劇本好上一百倍一千倍的情節來，你給我看着！」

接着他「轟」一聲把門重重關上。

回到監視設備前，楊力奇好不容易平靜下來，便拿出自己的手提電腦，創建了一個新文件，開始構思起節目情節來。

不過，楊力奇只是個商人而已，連打一封招聘廣告都可以錯漏百出，對寫劇本、構思情節這種事當然是一竅不通。幾個小時過去，已經到了深夜，就連張易賢都已經走回附近的城市去了，楊力奇仍然是一個字都吐不出來。

「唉，這樣下去可不行，」他洩氣地用手蓋着額頭，「我得想出一個既激動人心、又引人入勝的故事情節，不但可以讓這四個小孩子信服，又可以吸引觀眾的眼球……」

楊力奇往監視熒光幕上望去，只見周傲雲正在自己的牀上睡覺——又或者說是嘗試睡覺，因為謝樂文在房間另一邊睡得正香，嘴巴大大地張着，鼾聲如雷。

突然，楊力奇想起謝樂文曾經說過的話。

「太空總署隱瞞了一切，火星人肯定存在。」

這傢伙似乎一口咬定火星上存在着高智能生物呢。剎那之間，一個絕妙的主意鑽進了他的腦袋中。他立即就湊到手提電腦前，飛快地打起了字來。

「哈哈！對了……沒錯，就是這樣……」楊力奇邊敲打鍵盤、邊自言自語着，還不時暗自竊笑起來，「現在我只需要有一套外星人戲服，那就萬事俱備了。」

說來也巧，他們的確帶來了一套殘舊的外星人戲服，這戲服全身布滿了綠色的鱗片，擁有一條長長的尾巴，雙手有六個手指頭，兩眼突出，頭上還有兩條觸角呢——這是他們多年前為了拍攝《星際奇遇》電影版而特別訂造的，本來是用來演出邪惡外星人種族「綠皮人」，不過由於當時《星際奇遇》電視劇第六季的收視不佳，所以電影版也沒有了下文，戲服也被丟到倉庫的角落去。最後，這戲服又和其他道具一起，被帶到戈壁沙漠來。

「這可再適合不過了！」楊力奇拿起戲服來比了比，正合自己的身形，「現在，讓我看看還有什麼東西合用……」

他在木屋角落裏左翻右翻，最後找出了一套殘破不堪的太空服道具來。

「嗯，這個可以用來幹些什麼呢？」

楊力奇環顧四周，最後視線落在那副人體骨骼模型上。

想了半晌後，他臉上隨即露出了邪惡的笑容。

2

第二天早上，在「太空基地」裏……

鄧雨嵐打開自己的房門，伸出頭去，左顧右盼一番，確認四周無人後，便踮起腳尖，躡手躡腳地走到基地儲物室——這是眾人存放太空服的地方，只見屬於佘曉雪的太空服正整整齊齊地擺在角落裏。

「嘿嘿，還不讓我得手？誰叫你沒收我的東西！」雨嵐說着把手伸進太空服的儲物層裏，掏出她的手提電話，「咦？等等。」

雨嵐的笑容凝住了，只見手中拿的哪是她的手提電話？不過是一塊石頭而已……

「在找這個嗎？」

雨嵐驚訝地回過頭去，佘曉雪倚在儲物室的門框上，一手拿着雨嵐的電話，另一隻手則拿着一塊吃到一半的果醬三文治。

「把電話還給我！」雨嵐氣得滿臉通紅。

「對不起，這東西我將會一直隨身帶着，你不會那麼容易得手的，」曉雪撇着嘴說，「現在去吃廚房那兒的早餐吧，是樂文他製作的哦。」

雨嵐還想抗議，但一聽見有早餐吃，肚子便咕咕地響了起來，瞪了曉雪一眼後，就大步流星地踱到廚房去。

「啦啦啦啦……」謝樂文一邊在廚房裏製作着果醬三文治，一邊哼着歌。他今天的心情似乎不錯呢，估計是因為昨晚睡了個好覺吧。

和他相比起來，周傲雲的狀態就差得多了，只見他剛從自己的房間裏步出，臉上掛着一雙熊貓眼，走起路來像隻喪屍。

「早上好，老友記。」樂文遞給他一塊三文治，「要早餐嗎？」

周傲雲無精打采地搖了搖頭，昨晚他一直都被謝樂文的鼻鼾聲折磨，大半夜了都睡不着。現在他除了滿滿一杯咖啡之外，什麼都不想要。

這時佘曉雪一邊走進廚房，一邊對他說：「噢對了，控制中心今天一大早通過對講機呼叫我們，說有個緊急任務要我們執行呢，叫我們都起牀後，就向他聽取任務匯報。」

傲雲一聽，立刻就來了精神，連牙也沒刷就拿起對講機——沒有什麼比執行任務更讓他興奮了。

「今天我們有一個特別任務交給你們，」當他通過對講機和控制中心取得了聯繫後，楊力奇解釋道：「這是你們降落火星後的第二天，本來按計劃是應該去執行一個樣本採集任務，但太空基地的電力系統似乎出現了點問題，我們估計是太空基地不遠處的其中一塊太陽能電池板發生了故障，必須儘快搶修。現在我想周傲雲隊長你，和謝樂文工程師一起，到太陽能電池板那兒看一看情況。」

「是的！沒有問題，我們立即去。」周傲雲說着向對講機敬了一個禮，雖然對方根本看不見。

「我能不能帶一塊果醬三文治去邊工作邊吃？」樂文問道。

「當然不能，試問你穿着太空服又怎麼吃三文治？」傲雲沒好氣地說。

不過，謝樂文決定還是照辦不誤。

十分鐘後，穿上太空服的隊長和工程師兩人，已經踩在鬆軟的沙地上，冒着炎炎烈日，按地圖的指示往遠處的太陽能板走去。

「好了，太陽能電池板應該就在前邊那座沙丘旁。」傲雲一邊端詳着地圖，一邊指着前方説。

「嗯嗚嗯啊哦……」樂文回答道，嘴裏因為銜着一塊果醬三文治而説話含糊不清。

「唉，麻煩你可不可以先把那塊三文治從嘴裏拿出來？」

「嗯哦？嗚嗯嗯嗯。」樂文指了指擋在自己的臉和雙手之間的太空服面罩，表示自己就算想拿也拿不着呢。

看來只能等他慢慢地一點點把三文治吃完了。周傲雲想着搖了搖頭，便繼續前進。

兩人走了一會，便來到地圖上所標示的位置。只見半埋在沙地上的，是一個形狀古怪的裝置，底部像個垃圾桶，上面七顛八倒地焊着幾支鐵管，鐵管末端還裝有像電視天線般的金屬碟子。

「這似乎就是太陽能電池板了，嗯，怎麼看起來像是由一堆廢鐵胡亂砌成的……」

周傲雲的想法沒錯，這的確是楊力奇他們找人隨便用廢鐵胡亂砌成的。

「嗯唔哦嗯？」樂文回覆他道。

「好啦你別胡鬧了，觀察一下四周吧，看看是不是有什麼零件掉了出來。」傲雲說着跪在裝置前，碰碰這兒、敲敲那兒。

於是樂文便以裝置為中心，四處走動起來。突然，他看見有什麼東西半埋在沙地裏，於是便上前查看。

那東西看起來就像某種白色的尼龍布料。

「嗯？」樂文歪着頭左看右看，看不出一個所以然來，於是便跪了下去，用雙手挖掘起來。

挖着挖着，只見那東西越來越清晰，看起來似乎是一件太空服……但太空服本來屬於頭罩的位置，卻竟然是一個骷髏頭骨！

「**哇哇哇哇！！**」這一景象可把謝樂文嚇得不輕，口中的果醬三文治被他「噗」

地吐出，「拍」地貼到他的太空服面罩內，頓時血紅色的果醬四濺，遮住了他視線的一大半。

「**哇啊啊！！**」他完全崩潰了，四處亂跑亂跳起來。

「喂，你到底在嚷什麼？」周傲雲聞聲而來，「呃，你的果醬三文治怎麼貼到面罩上了。」

「那……那……看！」樂文竭斯底里地指向那副人骨。

「有什麼值得大驚小怪的，真是……」傲雲往他所指的方向望去，頓時膽子都破了一大半，驚呼起來：「**啊啊啊啊！！**」

看見隊長在尖叫，樂文自然也叫得更大聲了，兩人邊叫邊望向對方、又望望骸骨、又望向對方，然後不約而同地拔腿往基地的方向跑去。

他們用九秒九跑完一百米的速度衝回基地前，用力將基地大門敲得碰碰作響。

「好了，別再敲啦，急什麼急？」鄧雨嵐走上前去將門打開，一臉古怪地看着兩個大男孩一邊哭叫着，一邊連翻帶爬地跑了進來。

「**啊啊啊啊！！**」只見周傲雲和樂文連半句正常的話都說不出來，喊得像在唱驚叫二重奏。

「你們到底喊完沒有？還不說說到底發生了什麼事？」

「我們在太陽能電池板那兒……」樂文好不容易才喘着氣道，「我們在那兒發現了一具太空人屍體！」

這時佘曉雪走了過來，奇怪地問道：「什麼？怎麼可能？」

雨嵐也半信半疑地說：「是你們眼花吧？」

「當然不是，樂文那笨蛋還可能弄錯，我可是親眼看得清清楚楚。」傲雲斬釘截鐵地說。

樂文轉向他說：「嘿，你說誰是笨蛋？」

「但這怎麼可能？這兒可是火星啊？哪兒會有其他人？」雨嵐皺着眉頭說。

「那個楊力奇……」佘曉雪似乎明白了什麼似的，喃喃道。

「你剛才說什麼？」傲雲問。

「哦沒事。」曉雪聳了聳肩。

「一二三四……」這時樂文點算着人數，「我們是第一批登陸火星的人啊，如果我們這兒四個人都在，那麼外面那個可憐的傢伙是誰？」

周傲雲用手摸着下巴，想了好一會，終於開口了。

「等等，這只有一個可能的解釋——那就是我們根本不是第一批登陸火星的人，在我們之前還有人來過這個荒無人煙的星球，而且他們的旅程並不怎麼順利。還有，那太空衣的式樣，和我們這幾套是一模一樣的！也就是說，他們也是由同一間私人太空機構派出。這意味着，控制中心肯定有事隱瞞着我們。」

除了曉雪之外，其餘三人聽見這個陰謀論後，都頓感自己正身處一齣驚悚電影之中。

「我們得向控制中心提出這個問題！看看他們有什麼解釋。」雨嵐提議道。

「等等，這件事背後可不簡單。」周傲雲嚴肅地說，「控制中心的人肯定有事在隱瞞着我們。如果我們輕率提出質問的話，恐怕會讓我們身處危險之中。例如說，他們可能會拒絕讓我們回地球去，要知道，那太空船可是全自動控制的。」

傲雲此刻已經完全進入了「狀態」中，對於他來說，發生在他身邊的事越是有戲劇性，他就越高興。最初遇見疑似「骸骨」時的恐懼已經在他心裏漸漸消散，剩下來的則是對緊張刺激的冒險的渴望。

「不會這麼嚴重吧？」雨嵐擔心地說。

「隊長說得對，我們千萬不要把這一切告訴控制中心，但……我們現在應該怎麼辦啊？」樂文問道。

「嗯……」傲雲隨即作沉思狀。

「**啊啊啊啊！！**」只見樂文隨即又大叫起來。

「我想你是對的，我們現在應該尖叫一下，大家一起來……」雨嵐點着頭同意道。

「不不！大家看那扇窗！」樂文伸出手去，直直地指向傲雲背後的一扇窗戶。

大家順着他所指的方向望去，都不由得嚇了一大跳——只見在基地這扇窗上，赫然印着一個血紅色的手印！

「我很肯定在幾分鐘前，窗上並沒有這東西！」雨嵐倒吸一口涼氣，「這到底……這到底是誰的手印？」

周傲雲是最先從震驚中恢復過來的，他三步併作兩步趕上前去，通過窗戶向外張望，不過窗外除了一片荒漠之外，什麼都看不見。接着他立即研究起那個紅手印來。

「一二三四五六，這兒有六個指頭，竟然是這樣啊……」他語帶陰深地說，「看來這個星球上，除了我們四個之外，還有其他『人』存在，而恐怕，這『人』和我們並非同類呢。」

聽見這話，謝樂文張大了嘴，下巴幾乎要掉到地上去了，吞吞吐吐地說：「你不是認為……」

「**外星人**。」周傲雲板着面孔說，「這肯定是外星人所留下來的。」

3

身穿外星人戲服的楊力奇，推開小木屋的門，急急衝進了「控制中心」裏。他手上血紅色的油彩還沒乾透呢，便急急地打開了監視設備的開關，剛好趕得及收看周傲雲等人正舉行的緊急會議。

只見熒光幕裏，四人圍坐在廚房的飯桌旁。一向只懂得吃喝玩樂的鄧雨嵐此刻顯得憂心忡忡，一向糊裏糊塗、吊兒郎當的謝樂文也是一臉的正經，倒是佘曉雪因為知道真相，而露出漠不關心的模樣。

至於周傲雲，則顯得自信滿滿、胸有成竹，儼如動作片裏面的不死身男主角。

「這一切都是怎麼回事？隊長你有什麼想法？」雨嵐緊張地問。

「我很肯定這一切都是個陰謀，我們統統被耍了。」周傲雲鄭重其事地說，他這話倒是正確無誤的，但他接下來的結論就完全是天馬行空的電影橋段了，「我想，我們並不是第一批來到火星的人，這間私人太空機構之前曾經派遣其他太空人造訪這個星球。但是，這些可憐人想也沒想到，他們並不是這個星球上惟一的生命——火星上還有其他智慧生物，而且，他們並不友善！據我估計，這些太空人已經全都被殺害，而且被火星人吃得只剩下骨頭！」

聽到這兒，雨嵐和樂文兩人都不禁嚇得抱在一起。

而在小木屋這一邊，楊力奇早已經笑得直不起腰來。

「哈哈哈，這羣人可真笨啊！」他邊笑邊拍着桌子。不過此刻他正身穿一套緊身外星人戲服，頭上還頂了兩條觸角，真要比的話他明顯看起來更笨一點。

昨晚，他把那副人體骨骼模型塞到太空服裏，並連夜將這個「太空人屍體」埋到沙地裏，好讓傲雲和樂文兩人發現。今天早上，他通過監控攝像機確認兩人發現了「屍體」後，便又馬上跑到太空基地去，留下那個血手印。

想不到這些人竟然完全相信了我的鬼把戲，他心想，就這點兒功夫，就可以把這幾個小孩嚇得魂飛魄散，還真是太簡單了。

熒光幕上，傲雲仍然在發表着他的偉論：「火星上有吃人生物這件事，控制中心的那羣人肯定知道得清清楚楚，但他們為了自己的利益，掩蓋了真相，不向任何人透露任何風聲。而現在，為了搜集更多和火星人有關的資料，他們又不惜派出另一批太空人——也就是我們四個，來到火星為他們賣命，讓我們身處於危險中。」

「天啊！」謝樂文語帶顫抖地說，「現在我們被困在這個星球上，外面有吃人的外星生物在四處遊蕩，但我們又不能和控制中心對質。我們現在該怎麼辦？」

周傲雲剛想答話呢，佘曉雪便插嘴道：「呃，大家有沒有想過，這一切可能都只是誤會？嗯，或者我們聯絡控制中心的話，他們會給我們一個合理的解釋……」

「千萬不要！」傲雲一臉驚恐地說，「這當然不是誤會！請問你又如何解釋那具太空乾屍？又怎麼解釋那個窗上的血手印？總而言之，控制中心那羣人一定有事情在隱瞞着我們，我們必需靠自己去解開這個謎！」

佘曉雪無聲地歎了一口氣，她可沒想到這齣節目會越演越離奇：本來只是一齣太空人探索火星的冒險劇，現在卻變成了外星怪物恐怖B級電影。楊力奇那傢伙到底還想幹什麼？她得好好質問他一下……

想到這兒，曉雪立即站了起來，說：「呃，我要去廁所，失陪一會。」說着她便離開了現場，順手神不知鬼不覺地拿走了對講機。

這時周傲雲還沉醉在自己的分析裏呢。

「嗯，話說回來，就算我們不和控制中心聯絡，他們說不定還會通過其他方式來監視我們！」傲雲說着雙眼一瞪，「說不定……他們早就在基地裏裝上了監視設備，現正觀察着我們的一舉一動呢！聽着，我們得立即把這個地方上上下下搜索個遍，看看有沒有攝錄鏡頭之類的物件！」

只見雨嵐和樂文聽了，大點其頭，立即就行動起來，開始在基地四處翻箱倒櫃。另一邊廂，在「控制中心」裏，楊力奇脫下了火星人面具，正在興高采烈地喝着茶呢，一聽見周傲雲的話，一大口茶「噗」地從嘴裏噴了出來。

他本來的想法是，通過故布疑陣，讓周傲雲四人一直提心吊膽，自然就會鬧出更多笑話來；但他可完全沒有考慮到，他們會疑神疑鬼到這種地步，以致開始撼動整個節目的根基。

「你快看這兒！」這時，細心的鄧雨嵐發現了其中一架藏在櫃子頂上的攝錄鏡頭，立即拆下來遞給其餘兩人看。監視設備中的一個熒光幕立即失去了訊號。

「啊哈！果然如此。」周傲雲一副意料之中的表情，「我的猜想沒有錯，這些人的確在監視我們，我們必需儘快把所有攝錄鏡頭都找出來！」

接着他們又開始忙碌起來，一會兒推倒書櫃、一會兒掀翻桌子、一會兒砸碎花瓶，很快就找到了另外一打以上的隱藏式攝錄機。

眼見眾多熒光幕一一開始失去訊號，楊力奇絕望地慘叫起來。

「等等！不要！這下我的節目又怎麼進行下去？」他霍地站起來，雙手拍打着監視設備，但這卻完全無法阻止他們。

正當楊力奇無計可施之際，他身旁的短波無線電突然傳出了一把聲音。

「喂？請問有人在嗎？」揚聲器中傳來佘曉雪的聲音。

楊力奇急忙拿起咪高峯，向對方嚷道：「聽着，你得叫你的笨蛋隊長立即停止搗亂——他正在破壞隱藏在基地四周的攝錄鏡頭！如果你不阻止他的話，我的節目就全完了！」

「他們要做什麼我可管不着，」曉雪回嘴道，「你倒是給我說說，這些太空人骸骨、外星人手印之類的餿主意，到底是誰想出來的？這不是一個講述青少年太空人追求夢想的勵志節目嗎？」

這一問可把楊力奇問得啞口無言，他支吾其詞地說：「嗯……我們的計劃有變，我們的觀眾希望節目更有戲劇性呢，所以我們稍為修改了一點兒劇本。」

「那你們的劇本接下來到底還會發生什麼事？」

「呃……」楊力奇打開了他面前的筆記本電腦，裏面是他昨晚連夜寫好的滿滿數十頁劇情。

本來根據他的計劃，這一系列「火星食人怪物」情節將會持續上整整一個月。首先他會在基地周圍留下這兒一點線索、那兒一點蛛絲馬跡，以顯示出「火星」上的確有吃人的怪物；然後他會假扮成怪物在基地附近徘徊、裝神弄鬼，弄出一些動靜，讓這些孩子每時每刻都神不守舍；最後在飛船即將返回地球的前一刻，他才親身出現將飛船破壞，並「攻擊」眾人，將他們嚇得屁滾尿流，以為自己必死無疑……然後在這時，他就會將外星人面具除下，向他們道出真相，告訴他們，這一切都只是個「無害」的玩笑。

但現在情況已經開始失去控制，如果周傲雲繼續破壞他的監視設備的話，他的計劃也就不可能執行下去了。楊力奇想了想，決定把心一橫，提早進行劇本的最後一個階段。

「好了，曉雪你聽着，」楊力奇提高聲線道，「我得趁你們的隊長將所有的攝錄鏡頭都報銷之前，儘快完成最後的拍攝工作。所以接下來我會這樣做：我會將自己打扮成一隻火星人，闖進火星基地裏搗亂，而你們則要努力逃出我的魔爪——但記着不要逃得太遠，我可跑得不快。」

楊力奇說畢後，只聽見無線電另一邊沉默了好長一段時間。

「你是在開玩笑吧？」最後曉雪難以置信地喊道，「你真的以為我會配合你這樣胡鬧下去？」

「拜託你啦！」楊力奇以接近哀求的聲音說，「觀眾們可喜歡這個節目了，我們可不能讓它爛尾呢。」

曉雪本來還想拒絕下去，但無線電訊號此時卻似乎受到了什麼干擾似的，出現了大量的雜聲。要知道，無線電訊號很容易受天氣影響。

但這兒可是沙漠啊，哪有什麼天氣變化可言？楊力奇心想。

「可惡！怎麼偏偏不早不遲，這個時候才出現問題？」他咒罵着，伸手去調整無線電上的頻道旋鈕。

只聽見無線電斷斷續續地吐出一兩個句子來，訊號明顯是來自其他頻道：

「……號電台呼叫……天氣……暴……東南方向……強勁……」

試了好一會之後，楊力奇還是無法和曉雪建立起聯繫，於是便只好放棄了，將無線電關上。

「好吧，這下我別無其他選擇了。」他說着戴上火星人面具，離開木屋往「太空基地」趕去，決定不管三七二十一，先去把那幾個孩子嚇個措手不及再說。

而在佘曉雪那一邊，她看見對講機突然失去了訊號，還以為是楊力奇主動切斷了通話呢。

「哼，那個傢伙真是可惡，」她忿忿不平地說，「如果他真的要一意孤行，裝成外星人來捉弄我們的話，我也就只好把真相告訴他們幾個了……」

但她話還未說畢，便突然心生一計。

「反正傲雲他們遲早都會知道真相的了，還不如好好利用這個機會，反過來捉弄一下這個可惡的節目製作人，」曉雪心想，「誰叫他把我們當成傻瓜呢。」

想到這裏，佘曉雪馬上離開廁所，跑到廚房去。只見傲雲、雨嵐和樂文三人已經把整個地方翻了個底朝天。

曉雪立刻裝出驚魂未定的模樣來，大叫道：「這下糟了！我剛才從窗外望出去，看見有一隻外星人鬼鬼祟祟地接近基地，看來是想偷襲我們！」

周傲雲一聽馬上就來勁了：「此話當真？看來我們得立即作好準備，迎戰這隻外星怪物。」

「但我們沒有任何武器啊，我們又怎麼對付他？」樂文露出一臉害怕的表情。
只見曉雪笑了笑，說：「這個嘛，我早已經想到了辦法……」

4

在高掛天空的烈日下，楊力奇筋疲力盡地走在沙地上，被曬得滿頭大汗，外星人戲服濕答答地貼在他身上，讓他難受極了，只想馬上原路返回，躲在陰涼的木屋子裏喝冷飲。不過想到自己的節目，楊力奇還是決定忍耐下去。
在他面前不遠處，「火星基地」已經近在眼前。
「嘿嘿嘿，這些小孩子，準備尖叫吧。」楊力奇嘻嘻地笑了起來。
他小心翼翼地靠近基地，通過窗戶往內張望，只見基地內燈光昏暗，幾乎什麼都看不見。他眯起眼睛，總算隱約在廚房的桌子旁看見四個黑色的人影。看來他們正在開集體會議呢，這正中楊力奇下懷——他不用一個接着一個人地去嚇唬了，而是可以一網打盡。

楊力奇無聲地推開基地大門，轉過走廊，進入了廚房中；只見那四個人影仍然紋絲不動，似乎沒有注意到他們即將「大難臨頭」。

吃人火星怪物舉起爪子，慢慢接近四個影子，最後近得幾乎都可以碰得着他們了。

怪物儲足中氣，正準備大聲吼叫呢，突然「拍」的一聲，不知誰打開了電燈開關，廚房內隨即大放光明。

楊力奇定眼一看，驚訝地發現圍在桌子四周的，哪是那幾個孩子？不過是四個用被子和枕頭堆疊起來的假人。

「咦？什麼？」這情況看得楊力奇一下子模不着頭腦。

就在他正愣着發呆時，周傲雲突然從沙發後鑽了起來，臉上滿布由果醬塗成的迷彩圖案，大聲喊道：「**戰士們，攻擊！**」

說時遲、那時快，其餘三名青年紛紛從家具後現身，手上拿着一大堆雞蛋，二話不說就往這個外星人入侵者身上扔。

「哇！啊！」楊力奇被雞蛋一個接一個地砸中，躲又躲不開，狼狽得很。

不過很快，雞蛋就已經被他們砸完了。

「撤退！」周傲雲隊長不讓火星人有反攻的機會，一聲令下，電燈又被關上，基地迅速陷入一片黑暗之中。

悉悉卒卒的腳步聲在楊力奇周圍響起，他伸手向四周模索着，想捉住這幾個卑鄙的小屁孩，可是卻什麼都抓不到。

他蹣跚地左右踱着步，好一會兒，眼睛終於漸漸地適應黑暗……但當他看見一個大書櫃正向自己的方向壓過來時，已經來不及躲開了。

「碰」的一聲，書櫃連着一大堆雜誌漫畫，將楊力奇結結實實地壓在地板上，一時之間動彈不得。這下可把楊力奇惹火了，他怒吼着把書櫃從身上推開，掙扎着站了起來，喘着大氣環顧四周，發誓要將這些痛苦百倍奉還！

他定了定眼，只見走廊對面，幾個身影正閃身躲進了儲物室。

還不讓我逮着你們？楊力奇想着，便不顧一切地往前衝去。

但他剛踏出幾步，便發現走廊的地板滑得不可思議，就像被人抹了厚厚一層油一樣——事實上周傲雲他們的確這樣做了。

楊力奇一邊試着想停下來、一邊努力地平衡着身體，但都無濟於事，只見他哀號着一頭撞上走廊盡頭的牆壁，然後大字型地趴倒在地上。

「**進攻！**」看見這情勢，周傲雲命令道。

眾人立即從儲物室裏衝出來，有的手拿平底鍋、有的手執折凳、有的手持網球拍，紛紛向楊力奇身上砸去。

「別砸他的頭！砸他的屁股！火星人的弱點在屁股上！」佘曉雪喊道，讓大家的攻擊集中在楊力奇的屁股上——報復是一回事，誤殺可又是另一回事呢。

楊力奇被砸得屁股都快開花了，卻又因為戲服上全是油，爬也爬不起來，想反抗也沒辦法。

最後他終於爆發了，發出一聲恐怖的嚎叫，雙手緊緊抓着正砸向他的一張折凳。

正當他以為自己終於佔了上風時，樂文卻隨即把塗滿了果醬的三文治往他臉上一蓋，就把他的視線完全擋住了。

他連忙把三文治從臉上拽下來，但果醬卻仍然黏在他的面具上，讓他周圍一切看上去都是模糊不清的。

「**吼吼吼吼！**」此刻楊力奇已經完全融入了他外星吃人怪物的角色裏，變成一隻十足的野獸，像動物般用四肢爬行起來，一邊大叫大嚷、一邊張牙舞爪，橫衝直撞。

周傲雲他們看見這怪獸開始暴走，連忙四處逃竄。

「嘿！我在這兒呢！」只見曉雪在儲物室前揮動着雙手。

楊力奇見了，立即紅着眼像瘋牛般向她衝去，而曉雪則像一個姿態優雅的鬥牛士，在最後一刻跳離對方前進的路徑，讓他直直地撞進儲物室內，將裏面的雜物撞翻了一地。

趁楊力奇還沒反應過來，曉雪便迅速將儲物室的門關上，並用鑰匙鎖好。

最後，這場「青少年大戰外星食人怪」終於以前者大獲全勝而告終。

「哈哈！耶！我們合作無間，真是太捧了。」周傲雲笑着和樂文、雨嵐兩人擊起掌來。曉雪把這看在眼裏，不禁替他們感到高興——如果這幾個人之前有什麼矛盾的話，現在應該都已經煙消雲散了。

「**喂！放我出來！**」只聽見楊力奇在儲物室裏邊敲着門，邊高呼道。

謝樂文嚇得向後退了一步。

「哇！這火星人懂得説地球話！」

「我不是真正的火星人啦！」此刻楊力奇的火氣已經消了不少，「我和你們一樣都是地球人，好不好？快放我出來，再和你們慢慢解釋！」

看見佘曉雪準備打開儲物室的門，周傲雲連忙喊停她。

「等等，千萬不要相信他！他只是在模仿我們的語言。」

「沒錯，」鄧雨嵐也同意道，「那聽起來正是一個吃人外星怪物用來騙獵物進圈套的話。」

曉雪聽了忍唆不禁，連忙說：「不不不，這裏面的的確是一個百分之百的人類啦——儘管是個徹底的笨蛋，但他的確不是外星人。」

「天啊！大家小心！那火星人對曉雪施了催眠術，」謝樂文大驚失色地說，「她完全相信了這個明顯的謊言。」

「唉，我不是……」曉雪沒好氣地說，「好了好了，我想，是時候向大家說出這一切的真相了。」

她深深地吸了一口氣，一臉抱歉地望向周傲雲，繼續道：「聽着，此刻我們並不是身在火星，而是身在地球的戈壁沙漠上；停在門外那艘也不是真正的飛船，而是一個本來用來拍攝電視劇的道具；從一開始我們就沒有被選中成為世界上最年輕的太空人，而是被選中成為一齣真人秀節目的主角。」

曉雪邊說邊觀察着傲雲的表情，只見他邊聽邊露出一臉茫然的樣子。

「而這絕妙的主意是由我想出來的……」這時楊力奇插嘴道。

「**你給我好好閉嘴！**」曉雪罵道，然後繼續道：「而在這間儲物室裏面的，就是節目的製作人之一，是他決定向我們隱瞞事實，讓我們傻傻地以為自己在執行什麼火星任務，然後又為了收視率而裝神弄鬼，還扮成外星人來嚇我們……我在偶然之下發現了真相，卻被他的花言巧語說服，幫助他們繼續將這個騙局進行下去。但現在知道這傢伙的真正目的後，我決定不再瞞着你們了，你們能原諒我嗎？」

只見曉雪說完後，望向傲雲，懇求他的原諒……

「嗯，看來她真的被火星人洗腦了。」傲雲一口咬定地說。

雨嵐和樂文不約而同地點了點頭。

「啊呀呀呀呀，你們真是有夠笨。」曉雪用雙手抓着頭髮。

「不然也不會請你們來當真人秀主角啊。」楊力奇實事求是地說。

不過佘曉雪沒有理他，只是歎了一口氣，說：「好吧，如果你們不相信，那很簡單，我只要證明給你們看，這兒的確是地球沒錯。」

說着她轉向儲物室的門。

「好了，往最近的城市應該怎麼走？」

楊力奇想了想，道：「這個，出了基地大門，你們會看見一座大沙丘，城市就在那個大沙丘後面，大約走一小時就到。」

「好，我們快去吧！」說着曉雪便推搡着三人離開基地，好向他們證明這一切都是個騙局。

「呃，等等，那麼我呢？別把我一個人關在這兒啊！」這時楊力奇急忙拍着門說。

曉雪翻了翻眼睛，便跑了回來，從褲袋中掏出她之前沒收的、屬於雨嵐的手提電話，從門縫下塞給楊力奇，說：「你自己打電話求救吧，在向他們證明你不是火星人之前，我還不能把你放出來呢。」

楊力奇連聲道謝，便馬上打電話給張易賢去了。

幾個人穿上太空服，出了基地的大門。這時曉雪才突然意識到，他們還特意穿上太空服幹什麼鬼？這兒根本就是地球啊。

「哈哈，我為什麼不早點想起來？」曉雪笑着對其餘三人說，「要向你們證明這兒是地球很簡單啊，現在就可以辦到——人在火星是不能呼吸的，我只需要把面罩脱下來就行了。」

説着曉雪伸手便將自己的太空服面罩脱下。

「喂！等等！你……」周傲雲驚恐萬分地叫道。

「看！我一點兒事也沒有。」曉雪攤着手微笑道，「我仍然可以正常呼吸，所以這裏明顯是……」

但曉雪沒想到的是，此刻沙漠上正颳着不小的風沙，她話才說了一半，一把沙子便被她吸進了嘴裏，引得她劇烈地咳嗽起來，痛苦得幾乎要趴在地上。

周傲雲當機立斷地跑上去，一把奪過曉雪手上的面罩，迅速戴回到她的頭上。

「你不要再做出這樣的傻事啦！」周傲雲緊張地説，「你剛才的反應，已經證明了這兒的確是火星。」

「咳……我只是吸進了沙子！」曉雪激動地喊道，「啊啊！等我們走到那沙丘時，看見遠處的城市時，你們自然就會相信我的了。」

傲雲、雨嵐和樂文三人聳了聳肩，一臉不置可否樣子。他們仍然打從心底裏相信，自己真的坐飛船飛越了幾千萬公里的太空，到達了火星。

「好吧，我們儘管去看看，」傲雲通情達理地說，「但如果什麼都看不見的話，我們就必須回到飛船，嘗試找出返回地球的方法。不過，我和你打賭一百元，我們在沙丘那裏一定什麼都看不見。」

「好，就和你賭一百元。」

於是曉雪便領着眾人，冒着太陽，向遠處的沙丘走去。

只見那沙丘看似很接近，實際上卻遠得很，足足走了差不多半小時，他們才疲憊不堪地來到沙丘之前。

「好了，各位，只要我們繞過這個沙丘，就會看見……」曉雪嘎然停下腳步，只見在沙丘背後什麼都沒有。

不，這並不是因為沙丘後邊的城市突然無端失蹤了。在他們走到沙丘來的這段路途上，風不知不覺地漸漸越颳越大，到了此刻，沙漠四周已經是風塵滾滾、黃沙漫天了，往遠處望去，僅僅能望見幾百米開外的東西。

「這麼大的風沙，可是什麼東西都看不見呢！」雨嵐說，在大風之下，她得刻意提高聲線，「我們不如先回去基地再說吧。」

這下就連曉雪也不得不同意這個建議。

但他們剛往回走了幾步，便立即傻了眼。

只見在他們面前，一堵上百米高、由飛揚的塵土所組成的沙牆，正向他們的方向鋪天蓋地地迎面撲來。

「糟了……沙塵暴。」佘曉雪喃喃地道。

第五章　危機

1

突如其來的沙塵暴遮天蔽日，讓天空昏暗得像黑夜；沙塵席捲地面上一切，把人吹得直不起腰來。

「我們應該往哪個方向走？」鄧雨嵐大聲問道。不過狂風正怒號着，沒有人聽得見她的話，就算他們聽見了，也恐怕不知道答案。

此刻，黃沙已經完全將四個青少年吞沒，放眼望去，連天空和地面也都分不清，又何況是方向呢？

為了避免失散，四個年輕人各自把雙手搭在另一人的肩上，前前後後地排成一條火車般的長龍，一步步地摸索着向前走。但到底回基地的路在哪兒，他們也只能估計個大概。

幸運的是，他們的太空服雖然不能真的讓他們在火星上生存，用來擋沙子卻倒是挺有效；儘管他們必須不斷將堆積在面罩上的沙子撥走，才能勉強看清前方的路。

「這樣下去可不行啊！」隊伍前頭的佘曉雪停了下來，對她身後的周傲雲喊道，「這場沙塵暴不知道還要颳上多久，而我們又搞不清楚基地的位置，我們得在附近找個安全的地方先避一避，再另作打算。」

「這兒可是火星啊！哪兒有其他可以避難的地方？」周傲雲說，「你以為我們隨隨便便就可以碰上一間可以用來避難的屋子嗎？」

「看！那兒有一間可以用來避難的屋子！」這時樂文興奮地道，指着他們右方不遠處。

周傲雲定眼望去，只見樂文他所言非虛。

「這……怎麼還真的有屋子在，」他疑惑地說，「不管了，我們先進去再說吧！」

於是他們迎着兇狠的風沙，緩緩地向屋子的方向接近。

好不容易，四人來到小木屋前，用力拉開大門，一個接一個鑽了進去。

關上門後，只聽見風暴仍然在屋外肆虐，但隔着牆壁，聲音小了不少。

「唉，總算可以休息一下。」雨嵐疲乏地坐在木地板上，「不過這兒到底是什麼地方？」

屋子內很昏暗，佘曉雪觀察着四周，視線掃過房間裏雜七雜八的物件，最後停在角落裏的短波無線電上。

這兒一定是楊力奇用來監視他們四人的藏身之處，他們竟然無意之間走到了這裏來呢！她心想，這下有救了，他們可以通過這個無線電向外求救！

曉雪連忙跑上去撥動無線電上的開關，不過可惜機器一點兒反應也沒有——木屋裏沒有一點電力。

曉雪不知道的是，僅僅在半小時前，木屋外的柴油發電機仍然在為整個小屋提供着電力；但在沙塵暴颳起後，大量沙子捲進了發電機裏，很快就將它報銷了。

「嗯，這兒應該就是上一批太空人所留下來的其中一個監測站吧。」周傲雲走到那數十個熒光幕前，「你看，這兒其中一個開關上還留有血跡呢！」

那其實是楊力奇所留下的血色油漆。

佘曉雪一臉無可奈何，到了這個地步她已經沒有氣力去說服傲雲了。

「這兒有幾瓶水和即食麪呢，」樂文高舉着他的發現，說：「看來我們可以在這裏暫時避一會兒難，等沙塵暴過去後，再作打算。」

「不不，」沒想到周傲雲卻說：「我們把這些物資帶上，現在就冒着風沙回基地，想辦法取得飛船的控制權後，立即趕回地球去。火星上有食人怪物這個秘密，我們必須儘快向地球上的人公布，這是我們的使命！」

曉雪聽了一臉愕然，連忙勸他：

「傲雲，這也太危險了，外面在颳着沙塵暴呢，伸手不見五指，又怎麼可能找到回基地的路？萬一我們完全迷失了方向，那就被困在沙漠裏，連個藏身之所也沒有了。」

「有點冒險精神好嗎？」周傲雲自作聰明地說：「我們從地球來到火星，中間不知道遇到了多少意外，最後不是都平安無事嗎？沒事的，船到橋頭自然直啊，相信我的直覺就對了，大家跟我來！」

説着周傲雲打開了木屋的門，準備領着大家再次回到沙塵暴之中。

「好了，我真的忍無可忍了。」

曉雪閃電般跨出一步，「砰」地將門關上，攔在周傲雲面前。好幾天以來的壓力、焦慮和緊張感，此刻幾乎同時在曉雪心裏爆發開來。

「聽着，周傲雲，你要我們在這種鬼天氣下，還跑出去賭命，實在是太不負責任、太自我中心了。」她一臉惱怒地喊道：「你的任性會把我們全都害死的！」

這話一出口，可嚇得周傲雲怔在原地，一時之間也不知道該作何反應。就連一旁的雨嵐和樂文也不禁發愣起來——他們可從沒見過曉雪用這種語氣來説話呢。

「曉雪，你……我不明白，你到底是什麼意思啊？」他想不到曉雪會這樣對他説話，始料未及，一時間有如晴天霹靂，「你一直以來都很支持我啊，為什麼這次卻……」

曉雲望望傲雲，又望望地面，感到自己是時候把話說清楚了。

「對不起，但我意識到一直以來，我都太在意其他人的想法，能夠遷就便遷就、能夠妥協就妥協，永遠都想當老好人，不想傷害別人的感受——特別是對你周傲雲，我一直都只懂得當應聲蟲，就算你有什麼不切實際的想法，我都不敢如實指正，但現在性命攸關，我可不能讓你這樣任性下去了。」

「但，但是……」周傲雲傷心地說。

「聽着，火星也好，地球也好，這外面可並不是陽光與海灘，我們現在到外面去和沙塵暴拚命的話，肯定會必死無疑，你自己喜歡去送死的話是一回事，不要拿其他人的命來開玩笑啊。我真希望你不要再那麼自我中心，做任何出格的事情之前，先停下來，先為其他人着想一下，好不好？」

語畢，曉雪的表情鬆弛下來，望着她面前青梅竹馬的死黨，頓覺自己似乎把話說得太重了。

「對……對不起，我想我是太激動了。」她連忙道。

「唉，」沒想到周傲雲搖了搖頭，「我想你說得沒錯，的確是我不對。」

雨嵐和樂文互望了一眼，這下他們真的吃驚了——他們可從沒見過傲雲會心甘情願地服輸呢。他們一直認為，傲雲服輸和世界末日，一定會是世界末日先到。

只見周傲雲頹然坐在地上，喃喃道：「我每次都只懂得為自己着想，做小組作業時是這樣，去應徵太空人時也是這樣，就算是來了火星後，我也是一副頤指氣使的樣子，從沒理會過你們的感受。」

被自己最好的朋友直截了當地指出自己的錯誤，周傲雲不禁也向大家敞開了心扉。

「一直以來，我執意要當太空人，也是因為我太自我中心所致，」他抬起頭，「如果我不那麼任意妄為的話，我們也不會陷入這個困境了。」

「不啦，」曉雪坐到他身邊，「我們會流落到這種田地，我的責任比較大，如果我一早告訴你真相，這一切都不會發生。」

「你說得沒錯，這都怪你。」周傲雲連忙改口。
「啊你這傢伙得寸進尺……」曉雪笑着一把推向他。
這時雨嵐突然開口了。
「呃，我想現在不是追究責任的時間啊，看！」
她指向木屋裏的其中一堵牆，只見木牆在暴風下開始漸漸被壓彎，發出刺耳的木板碎裂聲，隨時準備倒下來的樣子。
「糟了！」曉雪喊道，「這屋子是我們求生的惟一希望，千萬不能讓它毀了。」
「大家快推！」周傲雲立即衝上推着木牆，不讓它倒下，「大家快去找些足夠重的東西頂着牆壁！」
其餘的人立即照辦，紛紛把屋裏櫃子、桌子、椅子等沉重的物件搬過來，嚴嚴密密地堆在牆壁前，以作支撐。
「這樣應該足夠了……」周傲雲向後退開兩步，滿意地說。
他話音未落，「啪」地一聲巨響，只見木牆上半部分沒有被雜物頂着的地方，一大塊厚厚的木板碎片被颳得斷裂開來，直直往站在下方的謝樂文砸去。

「**啊，小心！**」傲雲一聲驚叫，想也沒想就撲上前去，一把將樂文推開。

「哎呀！」樂文被推得向前跌去，飛落的木板剛好從他身後飛過，沒有砸中他，卻砸中了周傲雲的左腳小腿，痛得他直咧嘴。

曉雪立即趕上前去。

「你沒事吧？」她吃了一驚，「糟了！你的腿在流血！」

只見傲雲腳上的太空服被碎片劃開了一大個口子，傷口並不深，血卻開始從褲子裏滲出來。曉雪和樂天看見了，一下子慌了，也不知道應該怎麼做……

「等等，你們全部不要動！」

大家的眼睛「唰」地望向聲音的來源，只見說話的人正是鄧雨嵐，此刻她一反常態地認真，迅速走到房間另一邊，提起被扔在角落裏的急救箱。

「曉雪，你幫忙扶着他的腿！」雨嵐充滿自信地命令道，「樂文，你站在迎風的位置擋着，盡量不要讓風沙影響我。」

說着雨嵐跪在周傲雲身旁，從急救箱中取出繃帶、消毒藥水，開始熟練地為他處理起傷口來。以往做什麼都散散漫漫的雨嵐，這刻工作起來卻像個專業的醫護人員。不到五分鐘，傲雲腳上的傷口便已經被清理、包紮好，還打了個漂亮的蝴蝶結。

「謝謝你，雨嵐。」把這一切看在眼裏的曉雪，不禁讚歎道：「你真的好厲害啊。」

「哈哈，上年急救課程時學的內容，竟然在這兒用得着，真是想不到呢。」雨嵐完成後，呼了一口氣，用手抹着頭上的汗。

大家都想不到，在關鍵時刻，鄧雨嵐也可以是個心思細密、工作認真的人。

「好了，雖然牆上穿了個大洞，但這屋子應該能撐到沙塵暴結束。」周傲雲這時道。

曉雪拍了拍他的肩膊，說：「說起來，你剛才真的好英勇哦，竟然不理自己的安全去救其他人，這可不像以前的你。」

「是啊，剛才真的要謝謝你，不然我的大頭就要開花了。」樂文一臉感激地說。

周傲雲有點不好意思地搔了搔頭。

「才不是，我不過是腳下滑了一下，不小心推到了你而已。」他語帶尷尬地說。

「是嗎。」曉雪笑道，心想這傢伙還真不懂得說謊。

雖然他們被困在此，但在這危難的時刻，他們四個都能夠同甘共苦、互相扶持，一改自己的缺點，為大家的生存而努力。

「希望這場沙塵暴儘快停下來吧。」她說着望向屋外隆隆作響的風沙。

2

張易賢推門走進火星基地裏，抖落着身上的沙塵。他環顧四周，訝異地發現到處都亂成一團，就像剛剛打完仗似的。

他小心翼翼地跨過倒下的書櫃、繞過地上溜滑的油漬，走到儲物室前，一把將門打開，一眼便看見躺在地上，仍然身穿外星人戲服的楊力奇。

「**哇！**」他嚇得向後跳去，定了定神後，才道：「噢，原來是你。」

「你怎麼這麼遲啊？我都等你大半天了。」楊力奇坐了起來，懶洋洋地說。

張易賢聽後叉起了腰來，不滿地道：「你這傢伙，我千里迢迢來救你，你還抱怨什麼？」

在接到楊力奇的求救電話後，張易賢本來也不想來救他。畢竟，這都是他自作自受呢——想用真人秀節目來整人，結果卻被人反過來整了一趟，報應真是來得夠快夠準的。不過，考慮到楊力奇畢竟還是自己的合夥人和朋友，所以最終還是連夜趕來了。

「說起來現在都幾點啦，我肚子餓得很呢，幸好我身上被砸了些雞蛋，不過生雞蛋可是難吃極了……」楊力奇掙扎着站起來。

張易賢這時已經把基地內所有的地方察看了一遍，疑惑地問：「等等，那四個小孩子在什麼地方？他們不是還在基地裏嗎？」

「噢，他們啊，唉別說了，」楊力奇做了個苦臉，「那個曉雪最後還是把我們的秘密講了出去，這下我們的節目可是要中途腰斬了，真是可惜，幸好我們之前已經收了不少廣告費。」

「不不，但他們到底去了哪兒？」張易賢急急地追問道，「他們把你關起來之後，不會是離開了基地吧？」

「你緊張個什麼啦，他們都回城市去了，我告訴了他們回城市的方向。」

「但他們是什麼時候離開的？」

「呃，大約下午三點半吧，我猜，我不知道，我穿着這戲服可戴不了手錶。」

「糟了糟了糟了，」聽了楊力奇的話，張易賢急得團團亂轉起來，「你在基地裏可能不知道，在下午戈壁沙漠這兒颳起了一場史無前例的沙塵暴，如果他們回城市中途正巧碰上的話，那就麻煩了。」

「嘿，就不過是幾陣夾着沙的大風而已，有什麼好怕的？」楊力奇聳了聳肩說。

「你這個傻瓜，最大的問題不在沙塵暴本身啊，沙塵暴發生時，能見度會變得非常低，他們根本就不知道自己應該向哪個方向前進。這兒是沙漠的邊沿地區，要是他們走對了回城市的路還好，萬一走偏了，他們就會迷失在偌大的沙漠裏！」

「不會吧……」這下楊力奇總算知道事情的嚴重性了。

「這可不是開玩笑的，不知道有多少旅行家到戈壁沙漠探險，準備回家時，明明離城市只有幾公里，卻因為走錯了路而跑到沙漠中央去，現在這幾個小孩子可能也會遇上同一命運！」

「呃，這個……」楊力奇故作鎮定地攤着手，「別擔心啦，他們可能早就已經回到城市去呢。」

張易賢連忙拿出電話。

「我們得立即確認一下，但如果沒有他們的消息，我們就必須呼叫救援隊到沙漠裏進行搜索！」

一聽要把這件事公諸於世，楊力奇嚇得大驚失色起來。

「喂，等一等，千萬別把這件事公布出去！」他哆哆嗦嗦地說，「如果讓觀眾知道我們把孩子們弄丟了，我們公司的聲譽……」

張易賢惱羞成怒地說：「天啊，你還在關心什麼節目？這四個小孩子沒有水、沒有食物、沒有藏身之處，在沙漠裏可捱不了多久！」

楊力奇被他一罵，也意識到現在可不是談論公關問題的時候，那四個孩子可能正置身危險之中呢。

「好好，不好意思，我們立即出發。」他立即鄭重其事地說。

「不過在這之前，」張易賢皺着眉，「麻煩你先把這笨外星人戲服換掉。」

3

太陽無情地炙烤着乾旱的大地，曬得幾乎連空氣都要燒起來。

「好口渴啊。」謝樂文熱得伸着舌頭。

四人個年輕人已經盡量躲在木屋裏的陰涼處，但仍然感到酷熱難當。

經過一整晚的吹襲後，沙塵暴已經完全停止，不過——沙塵是沒有了，但風也同時消失，隨即而來的，就是完全無風的炎熱天氣。

離他們出走火星基地已經差不多一整天，此刻他們已經把在木屋裏面的水和食物都消耗得乾乾淨淨。

今天早上，周傲雲嘗試在木屋四周的高處遠眺，希望能找出火星基地的蹤影，卻連基地的影子都看不見。而且，經過那場沙塵暴之後，整個沙漠的地形都完全變了樣，之前用來參考位置的方法都失去了作用。在這種情況下，他們可不能驀然離開木屋，像無頭蒼蠅那樣到處亂跑，否則沒一小時就會成四塊肉乾了。

這下他們可完全被困在這間木屋子裏了。最後，他們決定等到傍晚，待氣溫稍為降低一點時，再試試看找不找得着回去的路。不過，以他們現在的狀態，到底能不能堅持到傍晚，還真是個問題……

另一方面，張易賢和楊力奇得知四人沒有回到城市後，立刻就通知救援隊，到沙漠裏到處搜索。不過，楊力奇還以為木屋早已經被沙塵暴吹得散了架呢，根本沒想到這兒已經成為四人的藏身之所，一時三刻恐怕也不會找到這兒來。

「好了，另一條IQ題，有什麼布是用剪刀也剪不斷的呢？」樂文問道。
為了讓自己保持清醒，他們決定玩起問答遊戲來。
「瀑布，」雨嵐道，一邊抹着汗，「這問題太簡單了，何況你已經第三次問這個問題了。」
樂文想了想，道：「哦好吧，那我就問一條更深一點的IQ題：有一個學生被幾個流氓綁架，要他講出自己所讀學校的名字，否則就將他的頭浸進水桶之中，但當這個學生誠實地回答後，那些流氓仍然將他的頭浸到水桶中，這又是為什麼呢？」
看見對方沒有回答，樂文便接着說：「哈哈，不懂得回答吧？好吧，讓我公布答案，答案就是……」
他往雨嵐的方向望去，卻見她已經昏倒在地上。
「呃，雨嵐？」樂文立即驚叫跑到她身邊。傲雲和曉雪也連忙趕上前去。
曉雪摸摸她的額頭，擔心地說：「糟了，她好像是中暑了！」
「好了，誰知道中暑的話應該怎麼辦？」樂文望了望兩人。

「這兒只有雨嵐她學過急救呢，但偏偏她又是中暑那個。」只見周傲雲一臉無奈。

「我們必需……」曉雪説着想站起來，卻頓感腳步輕浮，幾乎要向後倒去，幸好周傲雲一把扶住了她。

「曉雪你沒事吧？」傲雲忙問。

「我似乎也有點中暑的徵狀，不過不用擔心我，」曉雪虛弱地説，「雨嵐現在的情況很糟，我們不能再等下去了，我們得馬上把她送到醫院去。」

「但這兒是火星啊，哪兒會有醫院？」周傲雲説，這刻他仍然以為這兒是火星呢。不過到了這個地步，曉雪也不知道應該怎樣説服他。

「怎麼辦？怎麼辦？」樂文心急如焚，在木屋裏四處亂翻起來，想找還有沒有食水。最後他似乎發現了什麼似的，高聲歡呼起來。

「啊！大家快看這個！」只見他伸出雙手，將一件半埋在沙子裏的物件拉了出來，「這是一架自行車！我們可以用它把雨嵐載回火星基地……」

不過他仔細一看，隨即又語帶失望地說：「噢，這只是一架用作緊急發電用的人力自行車，根本就一點用都沒有。」

「**等等！人力發電自行車！有了！**」曉雪欣喜若狂地說，「我們之前竟然完全沒有注意到！只要有電力的話，我們就可以向附近的城市發出求救訊號！並把我們的位置告知他們！」

「我想你是指向地球發求救訊號吧，」周傲雲更正道，「不過這倒是個好主意。就讓我來用這架自行車發電吧……」

他說着正想去踩發電自行車呢，剛站起來，腳上的傷口便又痛得他哇哇大叫。

「你忘記你小腿受傷了嗎？」曉雪說，「發電用的自行車可不是那麼容易踩得動的，以你的狀態可不能勝任這工作。」

周傲雲望着她道：「但是你也一副要中暑的樣子啊，這麼說惟一能踩這自行車的人……」

兩人不約而同地往謝樂文望去。

「我？可……可是我的力氣不夠啊。」樂文不太肯定地說。

「求求你，即管試一下吧，我們沒有其他辦法啦。」曉雪哀求道。

於是樂文只好硬着頭皮騎上發電自行車，雙腳放在腳踏上，深呼吸一口氣，然後用力開始蹬了起來，而隨着自行車的發電機吱喳作響，屋子內的電燈也開始忽明忽暗。但是，只見樂文蹬了幾十下，便又停了下來。

「對……對不起，」樂文一臉抱歉地說，喘着粗氣，「我可堅持不了太長的時間，我……我要放棄了。」

不儘快聯絡救援人員的話，他們的性命都恐怕要不保；但偏偏掌握着大家命運的謝樂文，一直以來都是個輕言放棄、沒有恆心的人。

「你能辦得到的，不要氣餒！」曉雪嚴厲地說：「聽着樂文，雨嵐的性命就在你的手上……或者應該在你腳上，如果你這麼快放棄，她就會沒救了！所以，你快點好好給我蹬下去！」

聽了這話，樂文心裏的某些東西似乎被喚醒了，咬了咬牙，便高聲一喊，出盡全身力氣踏起發電自行車來。他蹬得如此使勁，以致屋子裏的電子設備全都突然開始工作起來。其中，也包括楊力奇的手提電腦。

周傲雲看見事情有了轉機，正高興着呢，忽然一眼看見手提電腦上的畫面……

只見畫面上正顯示着楊力奇正在編寫的節目劇本。

「《火星自由行》劇本第二版，第二章，第四幕，怪獸來襲……」他讀着畫面上的字，忽然什麼都明白過來了。過去幾星期那些讓他眼花繚亂的經歷，重新湧上他了的心頭，開始像複雜的拼圖般重新排列、組合着，展現出一幅全新的畫面，終於讓他看清了事情的真實面貌。

周傲雲愣住了，好一會兒都說不出話來。

「原來……」他望向佘曉雪，「你說的都是真的。」

曉雪一臉理解地點了點頭。

這時他們身後的樂文喊道：「好了，你們還不快用無線電求救？我不知道我還能撐多久呢！」

聽了他的話，傲雲連忙上前，拿起無線電的咪高峯。

「讓我看看。」曉雪調整着無線電上的旋扭，搜索可以用來求救的頻道。不過，他們找了好一會兒，什麼頻道都找不到。

眼看謝樂文快要堅持不住了，周傲雲突然心生一計。

「等等！我知道有一個頻道，無論何時都有人在收聽的！」

他說着，連忙把屏流錶上的指針調到 14.351 的刻度上。

此刻，在周傲雲的家中，周爸爸和周媽媽正坐在梳化上，心裏急得像熱鍋上的螞蟻。

四名真人秀主角在沙漠失蹤的消息，很快就傳到了觀眾們的耳中，大家都擔心不已，冀求他們能順利被搜索隊找回。有些人甚至自發組成隊伍，出發前往戈壁沙漠，準備加入搜索的行列呢。

「唉，我真的希望傲雲他能平安無事啊。」周媽媽擔心地搓着手說。

「沒事的，別擔心。」周爸爸安慰道，隨即又低下頭，「唉，好吧，這都是我的錯，如果我沒有騙他去參加那個什麼真人秀節目，也就不會發生這種事了。一直以來，我都覺得他整天都要當什麼太空人，真是煩死了，但現在……但現在只要他能夠安全回家的話，無論他說多少遍我都沒所謂。」

「呼叫呼叫，爸爸，你聽不聽到？」突然不知哪兒傳來周傲雲的聲音。

「我真的好想念他啊，想念得連腦裏也響起了他的聲音……」周爸爸歎着氣說。

周媽媽卻猛地望向他，說：「不，我也聽見了。」

「**爸爸！**」聲音再次傳來。

「喂？等等，」周爸爸這下才醒悟過來，意識到聲音來自他房間呢，連忙衝到他的業餘無線電前，抓起咪高峯，「傲雲，是你嗎？」

「是我！是我！」傲雲的聲音從揚聲器裏傳出，「天啊，這些年來，我還是第一次這麼高興能聽見你的聲音。」

「我要關上無線電了。」周爸爸威脅道。

「不不！我只是在開玩笑，聽着，我們正被困在戈壁沙漠的一間小木屋裏，也就是節目製作人員用來監視我們的那一間，把這個資訊告訴搜索人員，他們就會知道怎麼做的了！」

「傲雲，堅持着！我立即通知他們！」周媽媽說着，立即打電話給楊力奇他們去了。

「媽媽她正在打電話給相關人員，你先暫時不要結束通話。」周爸爸對着咪高峯說，「你們沒受傷吧？」

「希望他們能快點趕到，鄧雨嵐她中了暑快撐不住了——事實上，我也快要撐不住啦。」周傲雲說着幾乎要哭出來了。

周爸爸心裏一緊，喃喃道：「你會沒事的，你們全都會平安回家來，堅持着，知不知道？」

只見他頓了一頓，像是下定了決定似的，對他的兒子說。

「聽着傲雲，接下來我說的話你絕對不能告訴其他人，不然我就打你的屁股！」

周爸爸深呼吸了一口氣，「對不起，我對不起你。」

「呃爸爸，你竟然在道歉？我恐怕是出現了幻聽……」

「**你別打岔！**」周爸爸沒好氣地道，「唉，聽着，我年輕時也有不切實際的夢想，我也曾經做過比你更笨的事，所以我一直以來對你的夢想那麼反感，很大程度上也是因為我在你身上看見了自己的影子。但回想起來，正是由於我極力反對，你才出於反叛的心理，而更加一意孤行。作為你的父親，我應該冷靜地用道理來說服你，甚至鼓勵你去嘗試實現這些天馬行空的夢想——如果成功的話那自然是好事，但就算失敗了，也能讓你自己吃一塹、長一智。」

「你爸爸說得對，」這時周媽媽也回來了，對傲雲說：「夢想並不是非要實現不可的，美好的夢想給予你動力，但如果最終夢想太遙遠的話，你還是要接受現實而放棄。畢竟你也努力過，就不會有什麼遺憾了。」

無線電另一邊的傲雲聽了，只感一陣暖意湧上心頭。

「你們說得對，現在我知道這一切都只是個騙局後，倒是有點釋懷呢。」他笑着說：「探索太空比我想像的要沉悶得多，連網也不能上，真是……」

但就在這時，無線電卻突然陷入了沉默。

「傲雲？傲雲……」周爸爸喊了好幾遍，對方都沒有回應。

「放心吧，他們會沒事的，」周媽媽抓着她丈夫的手，「救援人員已經知道他們的位置，很快就會到達。」

「希望如此吧。」

4

發現無線電突然停止了工作，傲雲和曉雪抬起頭來，只見樂文已經累得趴在發電自行車車把上，動彈不得。

「好了，搜索隊已經知道我們的位置，」周傲雲放下咪高峯，「看來我們現在只能等待了。嗯，雨嵐的情況怎麼樣？」

「你們應該先問我的情況才對。」樂文從自行車上下來，話音剛落，便直直倒下，大字型地趴在地上。

「**樂文！**」曉雪喊道。

「我沒事，」樂文隨即道，臉仍然朝下，「不過再等下去就很難說了。」

「我也全身乏力呢，希望他們儘快趕到吧，不然的話……」周傲雲心力交瘁地坐到地上，「真想不到，我們竟然是會死在這種情況下。我一直以來都想有所成就，到太空冒險去，但這一刻，我卻只想平平安安地坐在自己的房間裏，靜靜地看本小說，而不是躺在這酷熱的沙地上像條咸魚般等死。」

「還有……」傲雲望向他身邊的曉雪，然後又低下頭來，「對不起，我連累了你，我把你們幾個都拖下水來了，又或者應該說，拖到沙漠來了。」

「那當然是你的錯，我做鬼也不會放過你。」曉雪笑着說。

「但如果我們兩個都做了鬼，那又怎麼辦？」

「這的確是個好問題。」

「曉雪，我能問你一個問題嗎？」這時周傲雲的語氣突然認真地來。

「當然。」

「現在我知道自己不是當太空人的材料，自然也得放棄這個夢想了，不過……」傲雲望向萬里無雲的天空，在這生死悠關的時刻，這沙漠景色卻美得讓人分外平靜，「沒有了這個夢想，我又是誰呢？」

曉雪聽了，疑惑地問道：「你這是什麼意思？」

「嗯，我一直以來都是『夢想成為太空人的周傲雲』，但從此以後，我就僅僅是『周傲雲』而已，我再也不特別了，不是嗎？」

對於周傲雲來說，追求成為太空人的夢想，早已成為了他身分的一部分；當他的夢想支離破碎後，他只感到自己的身分也隨之而瓦解。

「你真笨。」沒想到曉雪卻丟下了這麼一句。

「呃，什麼？」

「雖然你當不了『夢想成為太空人的周傲雲』，」曉雪頓了頓，「但你一直以來都是『充滿幹勁和有進取心的周傲雲』啊。這麼簡單的道理你都不明白。」

周傲雲聽後，愣了好一會兒後，頓時茅塞頓開：沒錯啊，周傲雲之所以是周傲雲，並不是因為他想成為太空人，而是因為他面對困難時所展現出的勇氣和毅力，無論他面前有多少障礙，他都會孜孜不倦、再接再厲，往自己的目標進發。當然，有些目標是無論如何都達不到的，但正如周傲雲他媽媽所說，只要嘗試過去實行，就算失敗了，也不會有什麼遺憾。現在，借着這一份衝勁，他完全可以去尋找一個全新的夢想，並努力去實現它。所以，他又有什麼好擔心的呢？

「謝謝你。」周傲雲喃喃道，望向曉雪，「不過，如果我接下來的夢想還是天馬行空、不切實際的話，你記着要如實告訴我哦。」

「一言為定。」曉雪點着頭，「噢，我差點忘記了，你現在正式欠我一百元。」

兩人相視而笑。

就在這時，天空中由遠而近，傳來嗡嗡的聲響。聲音越來越大，幾乎要到震耳欲聾的程度了。

傲雲和曉雪轉過頭去，只見一架直升機已經降落在木屋附近，幾名醫護人員隨即抬着擔架下機，向他們的方向跑來，定眼一看，其中竟然還有張易賢和楊力奇兩人。

「先照顧他們兩個！他們應該是中暑了！」周傲雲指向躺在地上的雨嵐和樂文。

「我沒事。」樂文說，不過他依然是虛弱地臉朝下躺在地上。

於是醫護人員便立即替兩人進行檢查，幸好，他們似乎沒有什麼大礙。

張易賢走到周傲雲前，說：「我們要回地球去了，要搭順風飛船嗎？」

周傲雲笑着點了點頭，然後又問道：「這個，我們的火星探索任務執行得如何？」

「也算是……勉強合格吧。」張易賢撇了撇嘴，「一開始的飛行並不是太順利——要知道，你們幾乎把整架飛船都拆了。但最後，你們成功擊退了火星食人怪物，並成功發出求救訊號，這可為你們挽回了不少分數呢。」

「那火星怪物也太笨了，對付起來完全不費功夫。」曉雪評論道。

「哈，哈，很好笑。」楊力奇這時走了過來，「另外，放心吧，你們兩位朋友的情況都很穩定，不過還是要儘快送他們回城市的醫院作詳細檢查，我們快上直升機吧。」

「是『飛船』才對。」周傲雲對他眨了眨眼，便跟在佘曉雪身後，往直升機走去，「我們要起程回地球去嘍……」

尾聲

在當地醫院留醫一晚，進行了簡單的身體檢查，確定無大礙之後，眾人便離開了醫院，準確起程坐飛機回家去了。

「傲雲！」沒想到一出醫院，周傲雲便看見了他父母在大門外。

「爸爸！媽媽！」周傲雲驚喜萬分地跑上前去。

「你安全回來，真的太好了。」周媽媽連忙抱着兒子。就在這時，周傲雲才發現，在醫院外除了他父母外，還有上百個拉着「歡迎歸來」橫額、拿着鮮花的人在迎接他們、為他們歡呼呢。

「呃，為什麼這兒有那麼多人？」他奇怪地問。

「啊，這些都是你節目的粉絲，」周爸爸解釋道：「他們都是自願來參與搜索你們的行蹤的，現在知道你們沒事後，他們都鬆了一口氣，專門來醫院歡迎你們安全歸來呢。」

「我有粉絲？」周傲雲望着這一大片人羣，「嗯，老爸你知道嗎？我想我已經找到了接下來的人生目標！」

「噢，天啊！不要又來了。」周爸爸可猜到他接下來要說什麼了，用手蓋着額頭說。

「**我要做個演員！！！**」傲雲高舉雙手，信誓旦旦地說，「雖然我去當太空人是勉強了一點，但我在這個真人秀節目中的表演可是沒有一百分也有九十分，如果讓我去當演員的話，一定能拿奧斯卡最佳男主角獎。」

「你金酸莓獎也不知道拿不拿到。」周爸爸揶揄他道。

只見周媽媽連忙笑着說：「算了，老公，就讓他自己去試試吧，不試過又怎麼知道不能呢？」

周爸爸露出一副不以為然的樣子。不過呢，現在只要他兒子安全的話，管他想去選美國總統呢，他也會舉腳贊成……

「哥哥！」「弟弟！」「兒子！」

這時，人羣中跑出八個年紀各異的孩子和兩位父母，一起往謝樂文的方向衝去。原來他的家人也專程跑來了。

「哇，你們真好，都來找我。我很掛念你們呢。」謝樂文一臉深受感動的樣子，淚流滿臉起來，「你們知道嗎？雖然在家裏待起來並不怎麼舒服，但那畢竟是我的家，不待那兒又可以待哪兒？」

「沒錯！兒子，快和我們回酒店，談談你的冒險之旅吧！」謝爸爸說着，話鋒一轉，「不過為了省錢我只租了一間酒店房，今晚你要睡在廁所。」

聽了這話，謝樂文隨即垂下了頭，心裏惦量着餘下的暑假裏，如果找個藉口到哪個夏令營去「避難」的話，或許也不是一個壞主意……

這時，鄧雨嵐最後一個慢騰騰地從醫院裏步出。

「咦？怎麼？這麼多人！」她驚訝地說，想了想，隨即道。「哈對了，我們安全從火星回到地球來，這當然就是歡迎我們回來的隊伍了。哈囉！大家好！咦？我的手提電話在哪裏？我等不及要在 Facebook 上發貼炫耀一下了。」

雨嵐她自從在沙漠中暑後，便一直到醫院裏才完全清醒過來，還以為自己是千里迢迢被人從火星救回地球來呢。

「噢，對了，她還不知道這一切都是個騙局啊。」佘曉雪小聲說着，用手肘碰了碰周傲雲，「呃，我們應該告訴她嗎？」

「或者遲一點兒再說，讓她多開心一會兒吧。」周傲雲攤了攤手，笑着說，「畢竟，不是每一個人都有機會來一趟火星自由行呢。」

飛躍青春系列

車 人
- 青蔥歲月
- 穿越百年的友誼
- 異國的天空
- 遊戲迷之旅
- 我不要再孤獨

君 比
- Miss，別煩我！
- 他叫 Uncle Joe
- 四個10 A的少年
- 誰來愛我
- 夢醒之後

利倚恩
- 再會於紫陽花部屋
- 那些相依的歲月
- 愛令世界轉動
- 甜甜圈日記
- 甜甜圈日記(最終回)
- 走在櫻花樹下的日子
- 我心中住着一個他
- 那些相依的歲月(最終回)
- 愛伴我高飛
- 蝶舞傳說1 · 再次牽着你的手
- 蝶舞傳說2 · 給你溫柔的擁抱
- 蝶舞傳說3 · 你是我的守護天使
- 蝶舞傳說4 · 陪你走過每一天
- 蝶舞傳說5 · 你把我放在心上
- 蝶舞傳說6 · 只想留在你身邊
- 蝶舞傳說7 · 奇妙相遇篇～給未來的禮物
- 蝶舞傳說8 · 但願你會明白我
- 蝶舞傳說9 · 只要有你的微笑
- 蝶舞傳說10 · 結局篇～永遠牽着你的手
- S傳說來了1 · 許氏力場
- S傳說來了2 · 怪盜K的復仇

阮海棠
- 再見，黎明

宋詒瑞
- 少女心事
- 少男心事
- 生活中不能沒有愛
- 倔女兒Vs嚴媽媽

卓 瑩
- 那年我十四歲
- 讓我再次站起來
- 像我這樣的幸福女孩
- 原來我可以
- 請你靠近我
- 我不是草莓族
- 回到冰雪上的日子

胡燕青
- 頭號人物

韋 婭
- 兩個Cute女孩
- 成長的煩惱

馬翠蘿
- 這個男孩不太冷
- 非典型女孩
- 跨越生死的愛
- 鋼琴女孩
- 愛是你的傳奇
- 迷失歲月

孫慧玲
- 旋風少年手記
- 魔鏡奇幻錄

桃 默
- 超「凡」同學之實驗室幽靈事件
- 超「凡」同學之不可思議昏睡事件
- 超「凡」同學之神祕綁架事件
- 超「凡」同學放暑假
- 超凡新同學之天水圍城事件
- 超凡同學破奇案
- 超凡新同學之模特兒FANS瘋狂事件
- 超凡同學漫遊魔幻王國
- 超凡新同學之怪獸出沒事件
- 法中女子足球部
- 法中女子足球部 2 出線任務
- 法中女子足球部 3 全國大賽篇
- 超凡同學VS超時空守護人

梁天樂
- 青春火花
- 不能放棄的夢想
- 擁抱夢想
- 打出一片天
- 瞇上眼睛看你

麥蒔龍
- 逃出無間

麥曉帆
- 愛生事三人組
- 妙探三人組
- 鬼馬三人組
- 明星三人組
- 至叻三人組
- 拜金二世祖
- 玩轉火星自由行

黃虹堅
- 十三歲的深秋
- 五月的第一天
- 媽媽不是慈母
- 醉倒他鄉的夢

鄭國強
- 我們都是第一名
- 和好朋友說Yes
- 叛逆排球夢

關麗珊
- 浩然的抉擇
- 中二丁班
- 我不是黑羊
- 睡公主和騎士

周蜜蜜
- 來自星星的小王子 · 壹 · 神秘的約定
- 來自星星的小王子 · 貳 · 真假「王子」之謎
- 來自星星的小王子 · 叁 · 小王子的星球

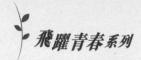